山花别样红

王旭东◎著

希望出版社

图书在版编目（CIP）数据

山花别样红 / 王旭东著 . —太原：希望出版社，2020. 1（2022.9 重印）

ISBN 978-7-5379-8329-7

Ⅰ . ①山 … Ⅱ . ① 王… Ⅲ . ①中篇小说 – 中国 – 当代 Ⅳ . ① I247.5

中国版本图书馆 CIP 数据核字（2020）第 024072 号

SHANHUA BIEYANGHONG

山花别样红

王旭东 / 著

出 版 人：王　琦
责任编辑：扆源雪
复　　审：张　蕴
终　　审：王　琦
美术编辑：王　蕾
封面设计：刘艳玲
插　　图：刘艳玲
印制总监：刘一新

出版发行：希望出版社
地　　址：山西省太原市建设南路 21 号　　邮编：030012
经　　销：新华书店
印　　刷：北京一鑫印务有限责任公司
开　　本：720mm × 1010mm　1/16　　印张：10.75
版　　次：2020 年 3 月第 1 版
印　　次：2022 年 9 月第 3 次印刷
书　　号：ISBN 978-7-5379-8329-7
定　　价：35.00 元

目录 / CONTENTS

我要改名字

十二岁之前，山红没离开过他们的村子，村子就是她的整个世界，她由衷地爱着这个世界。虽然她很早就没有了妈妈，爸爸又远在外地打工，但她从没感到缺失了多少爱，因为她还有视她为生命的爷爷，有对她十分关爱的老师，还有情同姐妹的朋友。她爱着他们，他们也爱着她，这让她觉得很幸福。

山红也很喜欢自己的名字，她姓应，喊起来就是一束花，听起来就是一首歌，应山红。

只有一次，她抱怨过这个名字。那年她九岁，刚上学没几天，山里孩子上学本来就晚一些，苍源这里又习惯叫虚岁。那天下了一上午的雨，放学的时候，他们村边的小河河水大涨。有个大点的孩子尖声叫起来："山洪暴发，山洪暴发。"几个小一点的孩子跟着拍手尖叫起来："山洪暴发，山洪暴发。"山红也跟着傻喊，喊得嗓子都有些哑了，喊着喊着，小伙伴的脸就全对着了她，眼睛像探照灯似的晃着她，"山洪暴发，山红暴发"，他们还冲她摇头晃脑，用手指指点点，有人跺着脚，还龇着一口小黄牙，眨巴着戏谑的眼神，怪声怪气地叫起来："山红暴发，山红暴发。"山红不明就里，还拍着小手附和着大伙的叫喊。终于，她从小伙伴们不无挑衅、不无嘲弄的眼神中，看出了他们在拿自己取乐，心里顿时难受得像扎了根刺，眼泪便不由得流了下来，她抗议一般地喊起来："我没暴发，我没暴发，是山洪暴发。"小伙伴都不听她的声辩，反而更加乱吼起来："就是你，就是你，山红暴发。"她觉得自己说不清了，也受不住这么多人的吼叫，于是跺了跺脚，尖叫道："我去告我爷爷，就不是我山红暴发。"说完飞快地沿着山坡向家跑去。可是，这些一向喜欢恶作剧的孩子们依旧冲她的背影，异口同声大喊道："山红暴发，山红暴发。"一个很淘气的男生留蛋竟然一路尾随她，大呼小叫地在她身后喊："山洪暴发了，山洪暴发到山红家里去了。"山红气得都快跌倒在泥坡坡上了，她一路哭泣着逃回家里，并狠狠地关住了家门。

爷爷惊得从土窑里冲出来，一看是她便叹口气：“山红，咋地了，刚下学呀？”

山红抹着眼泪，气哼哼地尖叫：“别叫我山红，再也别叫我山红，我永远永远也不叫山红了。永远，永永远远……”

爷爷一怔，快步走了过来，笑眯眯地用手抚了抚她的一头乱发：“你告爷爷，谁欺负你了？”说着就要解她背上的书包。山红用劲甩着头发，趁势也把爷爷的手甩掉了，同时又朝一边猛躲，把爷爷的另一只手也甩掉了。爷爷顿时僵在那里，这是从没有过的，山红一向很温顺的。爷爷就再一次果断坚定地捏住了她的胳膊。山红挣不脱了，也就放声哭了起来。爷爷一时慌了，忙蹲了下来，盯着她：“怎么了，山红，快告爷爷，是不是老师训你了？”

山红扭过脸去，抽泣着：“我不是和您说了吗，别叫我山红，我要改名字！”

爷爷愣了一会儿：“要改成什么名字啊，这名不是挺好么。”

山红又跺脚又挥臂：“不好不好，就不好！”

仿佛回应她的喊叫，院门外突然响起男孩留蛋的喊叫：“山洪暴发，山洪暴发，山红你暴发了呀！”

爷爷看看院门，像明白了什么似的笑了起来，用手拍拍孙女的后背："哦，原来你是生这个气呀，它那个山洪和你这个山红，两码事么。音同字不同。刚才喊的是留蛋吧，他那个名字才不好呢，留蛋留蛋，留的是个驴粪蛋么。"

山红"扑哧"一声笑了出来，用袖子把眼泪一抹，又蹦又跳地冲到院门，隔着门缝尖声叫了起来："留蛋留蛋驴粪蛋，留蛋留蛋驴粪蛋。"不知留蛋走远了没听见，还是听到了偷偷溜走了，院外悄无声息。但转过身的山红此时脸上已然一片灿烂，她很解气地又大喊了几声："留蛋留蛋驴粪蛋，留蛋留蛋驴粪蛋。"

爷爷却赶忙制止了她："山红，出去可别说了，不礼貌。"

山红却赌气似的仰起脖子，恨恨地说："我就说，我就说，许他们说，就不许我说？"

爷爷很严肃地盯着她："不许他们说，也不许你说。这样说，污辱人知道不，谁听了也不高兴。你刚才不是很不高兴么。你听见了吗，山红？"

山红没有回应，一扭身气鼓鼓地进了窑。爷爷不依，仍在她身后喊："山红，你别给我装聋作哑，你在外面说人家，我可不饶你。"

吃饭的时候，山红的脸还阴沉着，爷爷喊她吃饭她也不应，还故意用小拳头砸得课本"啪啪"响。爷爷就笑呵呵地走过来，撸了一把她杂乱的头发：“山红，你咋还生气？”

山红抗拒着爷爷的爱抚：“我不是和您早说过了嘛，别叫我山红！”

爷爷又拍了她一下：“你这名多好，应（映）山红，就是一首歌呢，你妈妈那时可爱唱呢。”

山红立刻眼睛都直了：“这首歌好听吗？”

“好听得很呢。”

山红此时拉住了爷爷的手，使劲晃动起来，撒娇地说：“爷爷，您给我唱，您快给我唱！”

爷爷故意挣脱着要走：“爷爷唱不了，你看爷爷的嘴，掉得没几颗牙了，跑风漏气，唱不了啦。”

山红不依，双手抱住爷爷：“您不唱，我就不吃饭。”

爷爷叹了一口气：“爷爷老了，真唱不了啦，不过，等你吃了饭，爷爷能给你拉一段曲儿。”

山红又撒起娇来：“现在就拉，马上就拉。”

爷爷用力拍了拍她的脊背：“你这娃呀！好，爷爷给你找二胡去。”

爷爷向窑后走去，打开那个老旧的木柜，在里面摸索起来，一边扭过头来对山红说：“爷爷有十几年没摆弄过它了，不知还能不能拉得出声来。”终于，在摸索了好一会儿后，爷爷像捧着一个婴儿一般双手举出一把陈旧的二胡。山红已是一脸兴奋，跳着要拿爷爷手里的这把二胡。爷爷却把它举到头顶："你可别乱动，爷爷好多年没动了，还不知能不能发出声来。"

山红就仰着脸，一脸崇拜的神态，她没想到她的名字还是一首歌曲，更没想到还有东西能拉出和她名字一样的曲子。她对爷爷充满了期待，对爷爷手里这把叫作"二胡"的东西，充满了渴望："爷爷，快拉，您快拉呀！"

爷爷却仿佛有意吊她的胃口，不紧不慢地找来块布子擦拭起来："山红，爷爷当年可是公社宣传队的台柱子哩，拉着它，走遍了咱县的山山水水。那时，全县的老老少少，都不叫爷爷的名字，只喊爷爷应二胡哩。"

山红"咯咯咯"地笑起来："应二胡，应二胡！爷爷您真叫应二胡？"

爷爷也哈哈笑了起来，这也许是几年来，这个小院里笑声最响亮的一天，勾得院子里的羊也咩咩叫了起来，连圈里的猪也不失时机地哼叫出声。

这把二胡估计放得实在太久了，起初拉出来的声响，都没有山红家那几只羊叫得好听，也没有山沟里那股清泉汩汩流动的声响悦耳。爷爷那两弯长长的白眉毛都翘了起来，山红都没耐心等下去了，跑去灶台那儿舀米汤去了。爷爷笑着对她说："你是不是不想听了？这首歌可好听了。"

山红渴了，她对着碗猛吸一口，不料竟然烫嘴了，于是她生气了：“不听不听，我还是要改名！”

爷爷笑容更大了：“山红，你可别后悔。我跟你说，这可是你妈妈最喜欢的歌呢。”爷爷对山红说，当年就是因为她妈妈喜欢这首歌，才给她起了这个名。给她起这个名时，她的爸爸还和她妈妈生过气，按照家谱，轮到山红这辈，中间字应该是贵，而且爸爸和爷爷已给她选定了“贵芳”这个名字，但一向柔顺的妈妈，却坚持喊她应山红，喊着喊着，爸爸也就不再反对了。

爷爷抚弄了一会儿二胡，音调终于柔顺了许多，不再刺耳，也不再跑风漏气，吱吱歪歪。爷爷此时的脸色也庄重起来，目光变得深邃迷离，他郑重其事地冲山红点了点头，很快，音乐像一泓清泉轻轻流淌开来，越淌越响，越流越美。终于，像一支神秘而动人的天籁，淌入了山红的心底，她的脚底像踩着了软绵而绚丽的云朵，双腿慢慢向爷爷靠近。这是多么美好的音乐呀，这么动人的声音，似乎唤醒了她久远的记忆——对妈妈模糊而甜美的记忆，她大大的眼睛顿时湿润了，两滴清凉的泪花溅开在土地上。

爷爷的二胡这时戛然而止，山红也猛地惊醒，如同在梦中。她愣愣地瞪着爷爷：“快拉呀，爷爷，您怎么不拉了？”

爷爷抬起手抹抹眼睛，勉强地笑了笑："拉完了呀，山红。"

"再拉一遍，爷爷，我求求您了，再给我拉一回。"

爷爷这次笑得很爽朗："好听吧，山红，我说什么来着。你现在知道，你妈妈为啥叫你应山红了吧。这首歌曲就叫《映山红》呀。"

山红笑得脸上开了花，她怔了一会儿，恍然大悟道："哦，这就是《映山红》呀，我就是应（映）山红呀！"

爷爷逗她："你还改不改名了？"

山红认真地对着爷爷摇摇头，说："爷爷，快点，您再给我拉一回。"

"好吧，不过，吃过饭你可得好好写作业呀。"爷爷在她头发上又亲昵地顺了顺，便立刻端直了身子，这次，一切已熟练自如，很快便进入了状态。虽然爷爷眯住了眼睛，似乎又回到平日监督山红写作业时的迷蒙打盹的样子，但曲子却像黄河的波涛一样，时而平缓不兴，时而浩浩荡荡，最后，就像山洪暴发，倾泻而下，听得山红回肠荡气，泪水迸发，在即将收弦的时候，山红竟一下扑在了爷爷怀里。爷爷知道勾起了山红的痛心之处，让孙女想起了去世的妈妈，他愧疚地摇着头，连琴带山红都紧紧地搂在了一起。

我想妈妈了

山红已不记得妈妈的模样了，然而从那天之后，每当她再听到那首优美动人的《映山红》，便会想起妈妈，感谢妈妈给了她这么美好的名字。

妈妈是在她两岁时生小弟弟大出血去世的，山高路远，到最近的乡镇医院都得一个多小时，出了村没多久，大人小孩就都没了呼吸。和妈妈在一起是怎样的心情呢？她早已没了记忆，但妈妈留给她的这个名字，却使她从此感受到另外一种温馨和快乐。

第二天上学的路上，山红就把有关她名字的故事，告诉了她的小伙伴。她们一个名叫翠翠，另一个名叫瑞霞。

翠翠和瑞霞听了都很兴奋，也很羡慕，拍着小手啧啧称赞，还一齐抱怨自己的爹娘不会起名，既不是一朵花，又不是一首歌。

后来，有人把这事告诉了原老师，问原老师究竟有没有《映山红》这首歌呢，原老师说，有呀，而且还是一部电影的插曲，很好听。于是，女学生们就一齐要求原老师教她们唱这首歌。

那时，这个叫苍源的小山村，只有31个学生，一至五年级分三个复式班。于是，一天下午，全校学生全都集中在不太宽敞的校园里，由略懂点音乐的原庆林老师来教大家唱这首歌。同学们兴奋地在空地上疯跑起来，连平日不爱唱歌的男生也跟着“啊啊”乱唱。当然，最高兴的还是应山红，她一直傻傻地笑，笑得翠翠和瑞霞也跟着“咯咯”直乐。

过去，学校很少上音乐课，总共只有两个老师，一个是半大老头，一个是有三个小孩的中年妇女，都对音乐没有兴趣。学校有时也会搞个合唱什么的，没有一件乐器，也就是有一声没一声地混唱。反正这是个全县最偏远的小学校，上不上音乐课也没有人管。

既然今天学生强烈要求，作为学校负责人的原庆林老师，决定丰富学生的文娱生活。虽然原老师由于平日抽烟过多，领唱教唱的时候不停地咳嗽，但很少有唱歌机会的同学还是学得非常认真。原老师每唱一句，大家便迅速跟着学唱一句，老师和学生唱歌时用的都是太行山里的方言土语，歌声异常高亢。

那时还是秋季，学校对面的山坡上已开满了绚丽多彩的各种野花，学生们就把它们当作“映山红”，这些山里的孩子用足力气，几乎是喊叫着唱着最后的那两句：

若要盼得哟红军来，
岭上开遍哟映山红，
岭上开遍哟映山红……

学生中最激动的还是山红，如果说，两天前爷爷给她拉这首曲子的时候，她感受到的也许是旋律的优美，还有曲子唤起的对母亲的回忆和思念，那今天这么多同学一齐吼唱带给她的震撼，让年仅九岁的她，一下子像从混沌中惊醒了过来似的，仿佛顷刻间便从懵懂的孩子，长大成人了。她情不自禁地泪流满面，以致站在她侧面的翠翠也受到感染，两眼也湿漉漉的。

原老师一宣布解散，山红就独自一人冲出队伍，跑出校园，爬上山坡，藏在一棵松树后面。她听见了好多同学在她身后善意而戏谑地高唱“岭上开遍哟映山红……”但她没回头，她心里既甜蜜又慌乱。慌乱什么呢，她突然发现周边的一切都美好了起来，比自己过去的处

××小学

境好了许多。尽管老早就没有了妈妈，和爷爷相依为命，但从现在开始，有这么美丽的名字伴随着自己，这让她感到十分骄傲。尽管她穿得比村里的女孩更土更寒酸，头发也没人帮着梳理，常常乱糟糟地扎起来，但她知道，从现在开始，有一首动听的歌将会伴随她终生，这是别的孩子想有也不会有的。从此，她就在那些讥笑她是没妈的野孩子的人面前，敢抬起头来了，也敢堂堂正正地在同学伙伴中间说话唱歌，而不再是自卑地总想躲在犄角旮旯里，独自品尝像孤儿似的酸楚了。而这个喜人的开始，还是来自去世多年的妈妈，经过与丈夫的斗争，给她争取到了这么一个美丽的名字。

有人在找她，喊她的名字，她开始不想应，听出是翠翠，这才弱弱地答应了一句。翠翠跑得气喘吁吁，显然已找了她很久。一走近她，便伸出拳头擂了她一拳。放在过去，她一定会还手，然后俩人打成一团，再和好如初。但今天被重重擂了几拳后，她还是冲翠翠“吃吃”傻笑。

“你知道不，我找你找得都累死了。”翠翠抱怨地说，可能是实话，翠翠额头还在滴着汗珠，“他妈的，你倒在这里躲清净。”

山红脸色顿时就变得不好看，她不想再听她以前说惯了的这句话，“以后你别再说脏话了，你再说脏话，我就不和你玩了。”

翠翠却不以为然，仍理直气壮地高声喊着：“这有什么，你咋突然文明起来了，你过去不也常骂我们？”

山红抹了抹眼睛，郑重其事地说：“以前是以前，以后，我保证不说了。”

翠翠说：“刚唱了一回《映山红》，你就变成老师的好学生了？”

“不是，我想起我妈了……”山红又泪花闪烁起来，“这几年，我都想不起我妈了……”

“哦，我说你跑出来做甚，原来，你来这儿是想你妈了。”翠翠明白了似的，紧靠着她坐下，一只胳膊伸过去搂住了她的脖子。山红觉得喘不上气来，抗拒着，但翠翠却搂住她不放，还要往下压她。她终于一使力，摆脱了小伙伴的过度亲昵，躲在一边。翠翠也爬起追了过来，这次没搂她，却戏谑地说：“你还真当明星了，我都碰不得你了？”

山红哀怨地扭头看了她一眼：“我现在真想我妈了。”

翠翠这次愣了一下：“你以为就你想，我还想我妈呢，每天都想。”

山红也愣了，突然想起翠翠也是没妈的孩子。不，翠翠有妈，而且有两个妈，都活着。一个亲妈，在翠翠四岁时失踪了，有人说是被翠翠经常酗酒的爸爸打跑了，也有人说，是被经常跑村串户收古董的人拐走了。反正，一去再无消息。现在，翠翠又有了新妈妈，她爸三年前娶过来的，还带过来两个女孩。山红经常听她说这个继母骂她打她，还让她们看继母给她留下的许多伤疤，头上有，胳膊上有，腿上也有。小伙伴都奇怪，怎么会满身都有呢。翠翠有一次还和她们说过，她长大了，头一件事就是要狠狠报复她这个继母。不过，小伙伴们都当笑话听，没人当真。山红也没太当回事，现在，突然听翠翠说也想她妈，山红一阵心疼，就抓起了翠翠的手，像平日里爷爷安慰她一样，柔柔地拍了拍。

山红弱弱地问："翠翠，你亲妈在哪里？怎么不回来看你？"

翠翠白她一眼："他妈的，我咋知道？"

山红说她："翠翠，你又说脏话，原老师不是不让咱们说了嘛，一个小女孩，多难听。"

翠翠这次脸红了，低声辩解道："村里人不是都这么说嘛，我后妈骂起我来，一口气能骂十几个。真是气死人！"

说完，俩人就都一齐笑了。山红问她："你知道你亲妈在哪里不？"

翠翠擂她一拳："知道她在哪里，我早找她去了。"

山红无语，隔了一会儿，大人似的叹了口气："我妈是真死了，找也找不着。你妈可是够狠心的，活着也不回来看你。哎，咱俩都可怜哩。”

翠翠抬起手揉揉眼：“我奶奶说了，我命苦哩，说我生在阴历十五，天生命苦呢。总有一天，我要找到我的亲妈，问她为啥要把我生在九月十五。生在十六十七也行呀。山红，你说是不？”

山红就再一次搂住她的脖子：“你咋能像老一辈儿那么迷信？咱好好学习，像原老师和赵老师说的，考了大学，不就好了嘛。”

翠翠依旧打不起精神:“我是考不了啦。我后妈说了，我一够年龄,就打发我出嫁,她才不会给我出路费出学费，让我上什么高中和大学呢。”

山红给她出主意：“让你爸给你出呀，他可是你亲亲的爸哩。”

翠翠撇撇嘴:“我爸呀，喝酒行，和我后妈打架不行，我爸脸上经常被她挠得血淋淋的。”

“我还以为是你爸厉害呢，一看见他，我就躲。”

翠翠说：“我奶奶说，我爸本来厉害着哩，只因为娶个媳妇得几万彩礼，吓得不敢打我后妈。”

山红懵懂地看着翠翠：“这是真的吗？”

翠翠明白人似的点着头：“我奶奶说了，这年头，咱这山沟里，就女人值钱。三岁的女孩死了，都能卖几万。

你想，这后妈就更值钱了。后妈现在已经惦记上我了。有一回，我在院里听见我后妈对我爸说，你看你家女子，我好吃好喝供着她上学，她还一点不领我的情，将来早一点把她嫁人得了，也能换它个几万块彩礼钱，得赶紧把咱这窑洞收拾一下。你听听，我才十岁，她就想着拿我换钱。”

“那你不会不让他们换？”

“我哪敢啊。二妞她姐，去年不想嫁人，使劲地哭，要去上什么中专，最后她爸还不是硬逼着嫁了嘛。”翠翠狠狠地努了一下小巧的鼻子，“不过，我不用他们逼，我自己就去嫁。拿上这钱找我亲妈去。”

山红茫然地看着她，像刚认识这个小伙伴似的，缓了半天才道：“我可不嫁人，我爷爷和我说几回了，说好好学习，就能坐上火车去大城市上学，说不定还能当上什么科学家，坐上飞机去外国呢。”

翠翠斜眼瞅着她：“你爷爷净给你灌洋汤，让你做洋梦。”

山红却很认真：“做洋梦就做洋梦。反正从今以后得听老师的话，要不，也对不住我妈给我取了这么好听的名字，你说是不？”

翠翠不置可否，茫然地看着对面的山坡，一个男人扛着锄头走了过去，后面还跟着个挎篮子的女人，再后面是一个蹦跳着的小男孩。她认出来了，一个是她爸，一个是她后妈，那个小不点是他俩的儿子、她的弟弟。翠翠就像她奶奶一样，深深地叹了一口气。

“咱们写作业去。”山红想拉翠翠起来。翠翠摇摇头，甩开她的手：“你写去吧，我得割猪草去，要不回去又得挨骂了。”

逃学风波

山红也有割猪草的任务，但不是硬性要求，如果不割或是忘了，爷爷顶多轻声埋怨她几句，连瞪眼都没有过。山红知道，爷爷爱她，就像爱自己的生命一样。

爷爷总觉得对不住这个孙女，从小没了妈，接着又没了奶奶，爸又常年在好几百里以外的煤矿做工。村里人一直以为他这个孤寡老头照料不了这么小的孙女，还曾劝他把山红送到她姥姥家，或者寄养到她姑姑那里。但是，爷爷都拒绝了。他要把山红留在身边，他想看着山红一天天长大，最后长成一个漂亮的大姑娘。而且，他也从不在村里人面前掩饰，他想让山红和越来越老的自己做伴，给内心十分孤苦和寂寞的自己，增添一点生活的乐趣。

山红妈妈去世后，山红还有奶奶，也没怎么让山红感觉到失去母爱的忧伤。奶奶会照顾山红，该吃什么，该穿什么，该怎么哄孩子，全不用爷爷操心，爷爷只管哄山红高兴就行。可是还不到两年，山红的奶奶就被查出患上了胃癌。爷爷当时就被吓坏了，被吓得六神无主，手足无措。他拼着老命想把老伴治好。在花掉高额的医疗费后，老伴的病情仍然在不断恶化，他还是不肯听村民们的劝阻，依旧四处借债，想挽救老伴的生命。可是，山红的奶奶最终还是走了。山红的奶奶出殡的时候，最痛苦的是山红的爷爷。

那时山红的爸爸，已经因为家中的巨额债务，去了很远的煤矿，做了农民协议工。村里那时已先后有六个青壮年去了煤矿，其中一个事故致死，一个重伤致残，所以，村里人如果不是家庭过于贫寒，都不想去煤矿挣那个血汗钱。山红的爸爸也不想去，除了怕意外伤害，还有一个很大的担忧，就是担心年迈的父亲独自照顾不了5岁的山红，他同意远在山东的姐姐接走山红。但是，爷爷却果断地拒绝了。询问山红，幼小的山红竟然也坚决地说："我要爷爷！"

直到所有的亲戚都走了以后，山红的爸爸和姑姑们也走了，爷孙俩才发现，他们今后的生活将会多么艰难。首先是一日三餐，爷爷自己可以对付，就着开水啃块馒头，就能过一天，但他不能，也不想委屈孙女。还有，他一个老农民，穿衣服也很随便，山红奶奶活着的时候，他一件衣服穿俩月都不洗，但现在山红的衣服，一个星期不洗，村里的人们就会笑话，再说，他也想让山红穿得干净漂亮，毕竟是女娃，已逐渐有了爱美的意识，有时也会和小姑娘们比穿戴。还有，每天还得给山红梳头，晚上叫山红起夜。很累也很烦，但他心甘情愿。他知道，山红也是他挣扎着活下去的动力。

自从山红奶奶去世以后，不论去哪里，不论做什么，爷爷都会带着山红。去地里播种、收割，他带着山红；去山里放羊，他也带着山红。山红是爷爷的小尾巴，也是能和爷爷说话的人；爷爷是山红的玩伴，也是山红赌气撒娇的出气筒。有时，爷爷在地里干活，山红就跟在他屁股后面照猫画虎。开始，当然是很不得法，但日子久了，山红竟然记得了节令，懂得了播种方法，学会了收割。当然，爷爷舍不得她出力，看不得她受苦，但山红把劳动当作了游戏。每当收工回村，爷爷扛着铁锹，或背着一捆麦穗一捆玉茭杆，身边的山红总会提着一篮猪草或一篮蔬菜，有人就开爷爷的玩笑：“老应头啊，你这孙女可以呀，小小年纪就晓得干活。”

每当这时，爷爷就乐得嘿嘿直笑，山红知道是夸奖她，也得意地龇牙直乐。路过村里瑞霞家的小卖铺，爷爷就从口袋摸呀摸地找出几角钱，给山红买个棒棒糖，或者酸梅粉什么的。山红很高兴，也很知足，也就忘了自己早已没有了妈妈，也没有了疼她的奶奶。

爷爷还是山红的老师，是她人生的第一个老师，而且是一个脾气永远好极了的老师，就算山红把同一个字写错一万次，爷爷也总是笑眯眯的，一万零一次地把着她的小手教她重写。不像她的爸爸，她稍微淘气不听话时，就对她吹胡子瞪眼，或者干脆直接把脚踢过来，让她躲都躲不及。爷爷也比奶奶强，奶奶爱叨叨她，唠叨起来像钝锯拉木头，她的头皮都快炸裂了。爷爷也不像她现在的老师，算错一道题，作业不整齐，上课说句话，就训斥个不停。爷爷虽然有时也和村里的一些人脸红脖子粗地争吵，甚至偶尔来句粗话，但对山红这个“学生”却极其温和，非常包容。爷孙俩去地里时，爷爷就在地头找块平整处，用木棍给山红写个“天”字或者“地”字，让山红照着练习。然后，爷爷就自己去干活，或者浇粪、割草，或者间苗、耙地。干够一定时间，爷爷伸伸腰，舒展身子，然后就来检查山红的作业。往往这时的山红，不是去逮蚂蚱、捉蜻蜓，就是扯草摘花去了。爷爷就扬声喊她：“山红，干什么呢，我可要检查你的作业了。”

山红有时回应，有时不应，自己玩自己的，玩够了，这才跑回地头，匆匆照猫画虎，把字写好，然后悻悻地回答爷爷："你喊什么，你看，我早写好了。"

爷爷不揭穿她，从地里蹒跚地背着手过来，低头看看，夸她一句："你写得还行呀，山红，就是这儿没写好。"

那时还是五六岁的山红，虽然爱噘个小嘴，还是听出了爷爷其实不是表扬她，但也不是批评她，而是在温和地鞭策她。她就撒娇似的在地头划拉了几十个字，然后揪着爷爷过来看："您瞧呀，到底好不好，爷爷，您得说好，就得说好！"

爷爷故意长久地端详，也不表态，在山红快绷不住的时候，这才摸摸她的头发，说一句："真好！"

山红这回写的字真不错，她是个敏感的小姑娘，当看到爷爷稍稍流露出不喜欢的神色，她内心就忐忑不安了，就想着一定要做到最好。看到她有进步，爷爷就奖励她，或者带她寻野果子吃，或带着她潜伏在草丛中抓野兔子。实在没有成果，爷爷就扯着她的双臂，在田间忽悠几个大圈，直到山红快笑得喘不上气来。

山红把她的快乐告诉了村里的小伙伴们，有人羡慕，羡慕她有个好爷爷，但也有人不屑，说她是个没妈的野孩子。山红很恼火，但又没办法反驳，就回家和爷爷赌气，不吃饭，不洗脸。

爷爷知道她心里委屈，就笑笑，说：“山红，别理他们，你是大自然的孩子呢。”

山红听了就睁大眼睛，不恼了，脸上有了笑意。从此，每当有小孩说她是没妈的野孩子，她就仰着脸，一副自豪和骄傲的样子，对他们郑重而坚决地说：“你们知道吗，我爷爷说了，我是大自然的孩子！”

那些小孩都不懂什么是大自然，有的甚至没听说过这个词，顿时被唬住了，眼睛里就有了艳羡的光。

在山红心灵最为脆弱的几年，是爷爷给她的知识，让她在同龄人中，一直没有因为失去母亲而过于自卑和伤感。她要比小伙伴们知识丰富，她不仅知道苍源这个村的来历和一些古老传说，还知道小伙伴们无从知晓的三国故事、孙悟空猪八戒的故事。山红为会讲无数故事的爷爷而骄傲。爷爷的爱就是她失而复得的母爱，爷爷就是让她从小不自轻自贱的那个靠山。她很崇拜爷爷。

爷爷懂得真多，天上地下，古今中外，狼狐鬼怪，村里村外，是当地有名的“故事篓子”。那时贫寒孤寂的山红，最大的乐事就是听爷爷讲故事，早上吃饭时嚷着要听，下地干活时扯着要听，晚上睡觉前更是闹着要听，不讲故事就不肯睡觉。爷爷并不是老有好心情，他有好多事要做，猪要入圈鸡要喂，还要给山红洗衣服，蒸馒头，但他还是耐着性子给山红讲，直到山红彻底睡着。

正是因为有一个会讲故事的爷爷，会在田间地头和茶饭之余引导山红写字算数，山红显得比同龄孩子早熟，有了向小伙伴炫耀的资本，但也给她带来了童年时期的第一次挫折。

山红上学之后，爷爷才跟她说，爷爷是做过一年民办教师的。那还是很久很久以前，山红的妈妈还是小学生的时候，爷爷就在山红姥姥家那个村，接替一个突然生病的老教师，临时做过一年老师。爷爷说：“我还教过你妈妈呢。”

这让山红惊诧不已。在他们这个年龄，老师就是他们心目中的神，是无所不能的。爷爷奶奶的话可以当作耳旁风，爸爸妈妈的呵斥也可以阳奉阴违，唯独老师的话是圣旨，不能不听。但现在，爷爷突然说还教过自己的妈妈，她被吓到了，突然觉得不敢在爷爷面前撒泼了。

那还是她刚上学一两个月的事情，因为赵老师教她的那些字，她早在田间地头学过了，所以，她就在小木凳上坐不住了，左扭右扭，还伸出手去揪同桌留蛋的衣袖，甚至还在留蛋耳边悄悄说，我早就学会这些字了。

留蛋那时很胆小，早上刚因为迟到挨了批评，怕再因为说话挨训，于是举手向赵老师揭发了她。赵老师那些日子正臃肿着肚子，脸上的雀斑也因为急火攻心，变得更加明显，她已连续给三个年级上了三种不同版本的语文课，正心烦气躁，得到举报，便不由分说，把山红狠狠训了一顿。山红有生以来，还没受过如此的教训，当即委屈地放声大哭。一时，教室大乱，桌子板凳一通乱响，不同年级的学生一齐站起，惊得目瞪口呆。平日，老师也会训斥学生，但被训的学生，都默默忍受，顶多掉几滴眼泪。像山红如此大声号哭，他们似乎还从没见过。

赵老师显然也没经历过这样失控的场面，一生气，便把山红揪了起来，推到讲台黑板前，以为这样，便可唬住这个新入学的应山红。但是，赵老师判断错了，山红的痛哭像决堤的大江大河，流不完止不住。几经呵斥，山红依旧呜咽不停。赵老师只好让其他学生写作业，她独自把山红带出教室，去了自己的办公室。

山红悄悄透过捂眼的指缝发现老师依然一脸怒气，又害怕地哭了起来。

赵老师几乎气急败坏，她用手指戳着山红的脑门，“你哭得没完了，是不是？你有理了，是不是？”

山红便不哭了，但还装模作样地抽泣着，似乎受了莫大的委屈。自记事以来，爷爷还没这么教训过她。她嘟哝着说：“我再也不上学了，上学一点儿都不好玩。”

赵老师几乎被她气晕了，呼呼直喘粗气：“你想得美，你以为上学是玩，想来就来，不想来就走，是不是？我告诉你，你爷爷既然把你送来学校，你就得好好上课，不能上课说话，懂不懂？”

山红当然懂，报名上学前，当过一年老师的爷爷就给她讲过这些道理。可是，老师这一个多月讲的课，她早学过了，甚至二年级课本上的字她都认识许多，这个学上得还有用吗？所以，尽管赵老师苦口婆心地给她讲了一大通道理，她还是陷在自己的想法中不能自拔，以致赵老师教训她的一番话，她压根一句也没听进去。

后来，赵老师说得实在累了，便靠在墙头直抹头上的虚汗，挥挥手让山红回教室。山红如蒙大赦，当即快步走出老师的办公室，她小跑地回到教室，抓起自己的书包，在同学们惊诧的目光中，径自走了出去，然后头也不回地爬坡回家了。

要跳级吗?

三年后，当应山红被老师任命为大班长的时候，比她高一年级的留蛋颇不服气，在全班同学面前，公然揭她的老底，愤愤地指出她有“逃学”的“历史问题”，并不适合当他们的班长。山红尽管气得脸都发了紫，但她还是硬咬着牙，将怒火咽了回去。

事实上，山红那天“逃学”时间很短，不到一堂课的工夫，就被爷爷带回到学校。

她家离学校不远，爬上学校那道陡坡，再拐一道弯，再穿过一处树林就到了。爷爷那天下午正巧在家用藤条编竹筐，突然看见山红拖着鲜艳的小书包回来了，当即惊得跳了起来："咋地了，发烧了，还是肚疼了，这还不到放学时间哩。"说着就去摸她的额头。

山红噘着嘴，扭身甩掉了爷爷的手，恨恨地说："从明天开始，我不上学了，永远、永永远远也不上学了！"

爷爷大惊失色，伸手去抓她的胳膊："为啥？这是为啥？刚上学怎么就不上了呢？"

山红左躲右闪，就是不肯让爷爷扯她的胳膊，悻悻地说："不为啥，我就是不想上，开始我就不想上，你非让我上。"

爷爷长叹一口气："你这娃呀，真是不懂事，爷爷小时候，想上学还上不起呢。我猜，你肯定是挨老师的训了。"

山红无言以对，沉默不语。

爷爷拉起她的手："走，爷爷送你回学校。"

山红奋力挣脱，可她没有爷爷力气大，硬是被爷爷拖着走到院门口，她一屁股坐在了地上。爷爷的脸破天荒地乌云笼罩，眼也瞪得老虎一般："走，你给我起来，马上走！"

山红这次真被吓到了，她这才想起爷爷还做过老师，曾经很威风，于是便灰溜溜地站起来，乖乖往学校走去了。但她走得很不情愿，一路猛踢路上的石子，一路嘟嘟囔囔，发泄着自己的不满。走过小树林时，山红就拽住了爷爷的衣袖，求饶地说：“爷爷，能不能不让我上学呀？”

“不能！”爷爷回答得斩钉截铁。

“爷爷，我帮您放羊，帮您喂鸡，再帮您割猪草，再帮您做饭，总行了吧？”

“那也不行！”爷爷这次狠狠地抓住了她的手，“你必须上学，懂不懂？”

山红那时还真不懂，想赖着不走，胳膊用力地与爷爷较劲，但她怎么能拉过爷爷，她被爷爷拽得踉踉跄跄，噘着小嘴直喘粗气。拐弯的时候，她终于为自己找到不想上学的理由：“爷爷，老师讲的我都会，您还让我上什么学呀。”

爷爷这回停下脚步：“你真的都会？”片刻，爷爷蹲了下来，从她书包里摸出课本，翻到最后一页的“爱”字，问她：“你说，这个字咋念？”

山红探过头去端详半天，她真不认识，只好抹抹眼睛，承认不知道怎么读。爷爷就伸手拍她脊背一把：“山红，我告你，你不认识的字多着哩。爷爷都有好多好多字不晓得哩，你咋就不想上学了呢！”

这次，山红没法狡辩了，只好悻悻地皱鼻子挤眼地跟在爷爷后面往学校走。唧唧咯咯跑来一只鸡，她抬起脚踢过去，虽没踢着，鸡却惊叫着飞下山坡。爷爷笑了，语气温和了下来：“山红，鸡惹你了吗？”

“是爷爷您惹我了！”

爷爷没理她，依旧用力拖着她走，刚看到学校的院子，就见赵老师急匆匆走过来了，赵老师老远就“呀呀”地对着爷孙俩喊叫起来：“可把我急死了，转眼间就看不见应山红了，才保叔，她是跑回家了吧？”

爷爷扯着山红的胳膊急忙迎上去：“可不是咋地，这孩子，都让我惯坏了。对不起了，赵老师。”

赵老师腆着肚子，走上来又恨又爱地拍了拍山红的头发，“咳，把我着急坏了，开始我还以为她上厕所了呢，才保叔，这孩子倔着呢。”

爷爷惭愧地直点头，说：“山红的情况你知道，就我一个老头带着她，难带着呢。”爷爷又转过身来，严肃地瞪着山红，说：“快，快给老师认个错！”

山红却梗着脖子，把脸扭了过去。爷爷很尴尬，就伸手要捶她，赵老师急忙挡住，安慰爷爷说：“才保叔，山红还小呢，她知道错了就行。”

爷爷还是生气，以史无前例的高门大嗓呵斥说：“山红，你知道错了没有？”

这一嗓子把山红吓住了，山红身子哆嗦了一下，赶忙点头说：“我知道错了。”

“给老师鞠个躬！”

山红犹豫了一下，很不情愿地对着赵老师浅浅地鞠了个躬。赵老师笑了笑，一把把她搂在自己怀里，轻轻地用手拍着她的背，对爷爷说："才保叔，山红很聪明，我教过的字，她都写得好，我没教过的，她都写得来，她都会遣词造句了。是您教的吧，才保叔？"

爷爷憨憨地笑了笑，说："也怪我，为了哄她别乱跑乱害，就教她识了几个字，结果教出错了，她就上课捣乱起来了。"

赵老师捋着山红杂乱的头发问："一年级的课本，你真的都会了？"

山红像赌气似的噘噘嘴，毫不客气地回答："二年级的好些题我都会做！"

爷爷急了，瞪她两眼，说："你小小的年纪吹什么牛，刚才我问你认不认得爱祖国的爱，你还不认识嘛。"

山红也瞪了爷爷一眼："刚才是刚才，现在不是认识了嘛。"

爷爷哭笑不得，难堪地向赵老师道歉："这娃儿、这娃儿让我惯坏了。"

赵老师爱怜地看着山红，笑道："虽然入学时间不长，我倒是发现应山红同学很聪明，有点早熟，要不这样，既然山红一年级的知识大多会了，就让她也听二年级的课，反正都在一个教室，明年升级考试时，她也参加二年级的考试，考试考好了，可以直接上三年级。"

爷爷惶恐地说："这能行吗，怕学校领导不同意吧。"

赵老师笑笑："应该能行，听说别的村子也有跳级的，到时我和校长讲讲。"

爷爷就瞪住了山红问："你行吗？"

山红当即朗声回答："行！"

爷爷苦笑着，对赵老师说："这娃儿，真不知天高地厚。"

赵老师笑回道："这也说明应山红同学有上进心，有志气。"她又拍拍应山红的头："从今以后，你可得比别的同学更用功，更勤奋呢，要不，我还把你拽回一年级重上。你听明白了没？"

山红这回听明白了，仰起脸来对赵老师笑了笑，又转身对爷爷调皮地眨了眨眼。

事情的发展竟然是这样一个大反转的结局，让准备看山红笑话的男同学们既羡慕又嫉妒。有时就故意把他们二年级甚至是三年级的题拿来让山红做。山红有时会做，有时不会做。会做的时候，他们就撇嘴冷笑，不会做的时候，就一齐跳起来起哄，"哇哇"地拍手庆贺，像看大戏似的嚷嚷。这让山红备感狼狈，也十分难堪，不得不把别的同学午休的时间也用来学习。回家以后，吃过饭也再不用爷爷催，自己就坐在炕桌上写起了作业。翠翠和瑞霞来喊她玩跳皮筋、捉迷藏，她也不出去了。

爷爷既为她刻苦用功高兴，也为她几乎是废寝忘食地学习而担心，就想撵她出去休息休息，毕竟是孩子，是玩耍的年龄。但山红还是不肯放下赵老师特意借给她的高年级课本，写得太累了，她就对在灯下边补衣服边陪她的爷爷说："爷爷，您不是给我讲过'逼上梁山'的故事么，我这也是被逼上学习的梁山了。"

爷爷一怔，随即哈哈大笑起来，"山红，你这个词用得好哩，爷爷都想不到呢。好！好！"

受到夸奖的山红并没在爷爷笑声的感染中也笑起来，"同学们笑我逞能，想跳级，爷爷，我再不逞能了。"

爷爷收住了笑声，轻声说："你这不叫逞能，人，不论大人还是小孩，其实都有好多潜力可以开发哩。不是有那么一句话嘛，世上无难事，只要肯登攀。学习就是个吃苦的事，该吃苦时就得吃苦。我在你姥姥村里教书的时候，有个娃，比你妈高一年级，学习那叫个能吃苦，把周边村里的书都找来看了，现在出息了，在省城大学当了教授，去年还给我写过一封信，让我上省城时，去他家做客哩。他呀，就是山沟里飞出的金凤凰。山红，你将来可别当了老麻雀，也要当只金凤凰呀！"

山红立刻应声："我才不当老麻雀，我也要做金凤凰！"

爷爷来到她身边，爱抚地捋着她一头的乱发，说：

“好，好，你做了金凤凰，爷爷就算没把你耽搁了。”说着，爷爷的嗓子就哽咽了，他赶忙挪开身子，悄悄抹了一把湿润的眼睛，再睁眼看看山红，见她没发觉自己的失态，这才轻叹了一口气。

这一年，爷孙俩都过得不轻松，山红同时要上两个年级的课，自然玩耍的时间就少了，帮爷爷喂鸡、喂羊、割猪草的时候也就少了。爷爷自然干的活就多了，咳嗽气短的时候就多了。但爷孙俩生活也变得忙忙碌碌很充实。过去，没上学时，山红爱撒娇，爱耍小性子，爱和爷爷较劲。现在，都顾不上了，清早起来，山红就先背课文，爷爷做饭，两个人都紧张严肃。中午放学回来，爷孙俩又急急忙忙喂猪喂鸡，做饭吃饭，山红又见空插针写作业，两个人都忙得蓬头垢面。但家里气氛很好，爷爷忘了孤苦伶仃的艰辛，山红则忘了失去母爱的凄惶。爷爷很欣慰，山红学习努力，大事上不用他操心，不像别的孩子家长，常被老师喊到学校去，代替自家娃接受老师的数落，也不用满村子追着自家娃，打得娃哭天抢地。

但是，在深秋的一个下午，山红还是出乎他的意料，给他惹了一个很大的麻烦事，就是她同翠翠、瑞霞把同学留蛋打了，打得还很厉害，留蛋除了脸上留下几道抓痕，衣服也被扯烂了，而出主意打人的，竟然是山红。

那天下午，爷爷没去地里，也没去放羊，正巧在院子里收拾洗涮，准备一冬天食用的酸菜。以前，每次都是山红与他一齐准备，给他打下手。这次，干了一会儿，他就心疼山红学习辛苦，撵她出去玩了。可他万万没想到，还不到一个小时，突然就有女人在他家门口气势汹汹地大骂开来。这女人，把门擂得山响，却不推门进来，似乎在叫阵，似乎在示威。

爷爷已听出来人是留蛋他妈，因为满村子唯独她南腔北调得厉害，是村里为数不多的南方媳妇。这个女人是贵州人，据说是留蛋他爸花五万块钱，从人贩子手里买来的。周边村里有好多这样买来的南方女人，不过，好几个没过一年半载，就逃得无影无踪，怎么都找不回来了。留蛋他妈却出乎意料地留到了现在，不仅扎了根，还生下留蛋弟兄三个。这个贵州女人既能吃，也能干，嗓门儿也很大，虽然身材矮胖，但吵起架来，五个当地女人也不是对手。骂起人来，像机关枪一般扫射，像榴弹炮火力巨大。她的嗓音高亢嘹亮，在整个山沟持久回荡。所以，爷爷一听是她的声音，当时就腿肚子哆嗦了几下。刚才长久地蹲在地上，本来腿脚就麻木得很，此时更是迈不开步。

爷爷很焦急，也很纳闷，脑子里飞快地猜测着可能发生了什么事情。他和山红奶奶一辈子都与人为善，往远里回忆，从他的爷爷奶奶数起，也不记得曾有人骂上门来。这究竟是怎么一回事，难道是山红惹出来的事，不会吧，他自认为将山红教育得很懂事理，再者，她一个小女孩也做不出什么太出格的事。

爷爷迈开两腿，颤颤巍巍去开大门，门闩没有插着，他赶忙喊："门开着呢，有话进来说！"

但贵州女人依旧只擂门不进来，就像古代两军对垒，先在自己防线之内叫骂，以挫敌军威风。爷爷终于脚筋抽着把门打开了，他先叹了口气："二福家的，有话进来好好说嘛！"

"不进去，咱们就在这儿说！让全村的人都看看，你家山红把我娃打成甚了！"贵州女人此时仍死死拽着她儿子的手，因为留蛋一直想摆脱母亲的抓扯，而贵州女人却把留蛋当成了不可丢失的铁证，紧紧扯着儿子的胳膊不松手，她怒气冲冲地叫道："你把你家该死的山红叫出来，我要扒她的皮！"

爷爷见门口已围了许多看热闹的人，就苦着脸近似央告地对她说："有话慢慢说，进院里讲。"

贵州女人不理爷爷，把留蛋往前推："你看看，这都是你孙女抓的挠的，不是我家留蛋跑得快，她们就把留蛋打死了，打死了得偿命，你知道不知道！"

爷爷一着急，头都痉挛似的抖动起来，在贵州女人喷水器般喷洒而出的唾沫星子中，他赶忙弯腰看了看留蛋，发现留蛋脸上有两三道抓痕，头发也竖起来像没收割完的谷子地，就皱了皱眉：“哦、哦，是啊，是啊，你放心，一会儿我会揍山红的。”

贵州女人悻悻地说：“你得给我家娃看病，还有，你看我娃的衣服，也让你家该千刀万剐的孙女扯撕坏了，你家得赔！你知道不知道？！”

“行，行。”为了早点打发走这厉害的贵州女人，别让这么多乡邻看自家的热闹，爷爷息事宁人，不停地赔礼道歉，“你说咋个赔就咋个赔。”

贵州女人就双手叉腰，气哼哼地说：“赔衣服，还有，给我娃儿瞧伤，啥时瞧好算啥时。”

爷爷就苦了脸，碰上这种厉害女人，他实在不知该如何对付。他本是个乡村“文化人”，为人还有些懦弱，此刻面对这么一个不通情理的人，真想钻到地缝里，一时急火攻心，要站不稳。

倒是围观的村民们看不下了，纷纷劝贵州女人见好就收。“算了，算了，娃娃们打架么，说说就算了嘛。”

贵州女人立刻把炮火对准了说话的那个中年男人，“什么算了，打的不是你家的娃，你不心疼是不？来，我在你脸上抓你两道试试。”说着就扑了过去，做出要在对方脸上撕抓的样子，吓得那人赶紧跑了。

围观的人都哈哈大笑起来。贵州女人就更加嚣张起来："你们欺负我一个外乡人，你们瞎了眼，我可不是好惹的！"

爷爷痛苦地直摇头叹气，再次求告似的说："二福家的，咱回院里商量！"

"不，就在这儿，当着众人的面说！"

就在这时，翠翠突然挤了进来，对着贵州女人尖声叫道："是你家留蛋先打我的，看，看，我头上这个包就是他砸的。"说着，捋起头发让她看，又掀起后襟让围观的人看，还一边高声说，"她家留蛋还是个小流氓，女生一上厕所，他就拿石子儿砸。"

众人立刻指着贵州女人嚷嚷起来。

贵州女人没料到事情会发生如此逆转，但她很快又恢复到战斗状态，她手指着翠翠，破口大骂："你个臭女子，就是你挠的我家留蛋，我正要找你，我撕了你的嘴。"她要往翠翠身边冲，围观的人就指责起她来："哎，你可是个大人，不能打小娃娃的。"

贵州女人仿佛豁出去了，往翠翠身边扑，有人就挡住了她。瑞霞这时也挤了过来，抬起自己的胳膊，向她愤怒地展示着："看，我的袖子被扯了，就是你家留蛋干的，你给我赔！"

村民们又再次大笑。山红爷爷方才紧张的神经放松了。贵州女人开始时还有点发窘，一脸肥肉几乎跳动得要散开，但她很快又凶狠起来，跳脚道："你个死女子，我正要找你算账。来，留蛋，你给我说，谁先动的手？"她低头找儿子，留蛋却不知道什么时候溜走了，她四下里看，目光急切，似乎在寻觅救命的稻草，但让她很失望，留蛋在关键时刻消失了，她开始用急切的声音喊留蛋，见半天没回应，立刻暴跳如雷，回头对山红的爷爷恨恨地说："我一会儿还要找你算账！"说完，喊着她儿子的名字，小跑着下坡走了。

众人在她身后又是一阵大笑，随后散去。翠翠和瑞霞也要走，爷爷喊住她俩，问："山红呢？"

翠翠一脸茫然地说："她没在家？"

爷爷说："她不是和你们在一起吗？"

瑞霞说："开始是和我们在一起，后来就不见了。"

爷爷此时余怒未消，说："去，你俩给我把她找回来，看我咋收拾她。"

翠翠和瑞霞都低头不语。爷爷白她俩一眼："她是不是和你们一起打人家留蛋啦？"

翠翠不说话，看看瑞霞，见瑞霞目光也闪闪烁烁，就对爷爷说："是留蛋先打我，我们才还的手。他经常欺负我们女生，我们一上厕所，他就扔石子儿，还砸土块儿。"

爷爷叹口气，说："那你们也不该抓挠人家娃的脸呀，有事告老师嘛。”

瑞霞恨恨地说：“告老师也不顶事儿，他照旧欺负女生。”

爷爷当过老师，知道有这种冥顽无赖的小孩，也就无奈地摇了摇头：“那你们也不该合起伙来打人嘛。去吧，你们帮我把她喊回来。这天都快黑了。”

瑞霞应一声，和翠翠相跟着走了。爷爷驼着背回到了院里。天色已晚，山沟一片沉重的暮色，院子也灰暗起来，看看一地还没淘洗的菜，他也没了收拾的心情，心绪杂乱，又忍不住踢了一脚地上的瓷盆，抱怨道：“这个臭女子，开始不让人省心了。”

他坐下来，摸出烟点上，望着愈来愈阴沉的天空，甚至没了做饭的劲头。他要等山红回来，好好地教训她一次。另外，他也等那个贵州女人，这个刁泼的女人临走时已留下话，要继续和他“算账”，虽然她也可能没脸再来，但他知道这个外来女人很难缠的。假如她真来“算账”该咋办呢。

可是，等得他几乎在小木凳上睡着了，不仅贵州女人没等到，连山红也没等回来，而天是彻底黑了下来，院子一片漆黑，整个村子也一片漆黑。他揉揉眼，心里顿时慌乱起来。贵州女人没来，自然是好，证明那场纠纷结束了，但山红到现在还没回来，事情就不正常了。

尽管惹了这一场史无前例的乱子,山红还是他的心头肉。山红若有个闪失，他该如何向山红她爸交代。他立刻跳起来，向院子外冲去，一路喊着“山红”“山红”，并四下里张望。

没有回应，连平日好凑热闹的狗也没吠一声。满山沟都静悄悄的,山坡上的窑洞有些还闪烁一星半点亮光，多数黑黝黝的。爷爷继续喊着山红的名字，但声音愈来愈急切。他在暗无星光的山路上挨家挨户敲着大门，隔着门问山红是否来过，人们都一致回答他：“没见。”

爷爷越来越着急，他疯了似的闯进了瑞霞家院子，翠翠和瑞霞都在,她们说一起找过山红,并见到了山红，而且山红也答应她们要回家。

“可是，她到现在也没回家呀！”爷爷面对这两个和山红一般大小的孩子，竟然失态到哽咽了，“你们没对她说，我说要收拾她吧？”

瑞霞和翠翠都点点头，说：“我们真没说爷爷您说要收拾她，只说留蛋他妈闹得厉害。”

爷爷沮丧地摇摇头，无奈地低声嘟囔说：“这不一样嘛，山红是个多心的娃哩。”

瑞霞和翠翠都有些惭愧，觉得应该帮爷爷把山红找回来,但爷爷婉拒了她们的好意,天太黑了,她们都还小。爷爷独自一人躬腰在山坡上爬着，一次次喊着山红的名字，一些村民打开院门，在夜色中向这边张望。爷爷已走出了村子，在通往深山沟的坡道上寻觅山红的影子，他的喊声也愈来愈急切，愈来愈悲凉。一条狗追了上来，哼哼唧唧地绕着他的裤角转悠，爷爷就伸出手摸摸它，这是瑞霞家的花花。爷爷伤感地对它说：“花花呀，你知道山红去哪里了吗，我都快急死了！”

花花好像回应似的“欧欧”叫了两声，然后向前跑去，见爷爷还呆站在那里，又返身回来，冲他低吼起来，见爷爷明白了过来，它又摇摇尾巴疾速向前奔去。

爷爷看着凄迷昏暗的前方，心一阵又一阵地颤抖，村子外面这条路，成年女人夜里都不敢走，山红她一个小女娃敢来吗。这时，跑在前边的花花突然狂叫起来，很快又跑了回来，像报信似的冲爷爷骄傲而得意地晃动着它的尾巴。爷爷就往朦朦胧胧的远方看去，果然就看见一个模糊的身影。爷爷激动起来，带点哭腔喊了一句：“山红，是你吗，山红？”

好像应了一声，爷爷疯了一般奔了过去，脚下路不平，绊了一脚，爷爷几乎摔倒，他喊着“山红呀山红”，就双手像鹰一样展开扑了过去，他把黑影紧紧抱在怀里，瞬间，他又疼得“哎哟”了一声，他双手搂的是一捆支棱的柴草，但人确实是失踪了好几个小时的山红，她背着柴草。爷爷又急又气地责备道：“谁让你砍柴去的，你把爷爷急死了，知道不知道？”

山红低着头，怯怯地说：“对不起，爷爷！”

爷爷既痛苦又心疼地跺脚道：“你这娃，真不懂事，天都黑成这么个样儿了，沟里有狼，你知道不知道？”

山红好像也哭了，嘟嘟囔囔地说：“我走得太远了，我以为一会儿就回得来呢。”

爷爷狠狠地拍她脑袋一把，抢似的将她脊背上的柴草夺过来背到自己肩头，说：“你呀，真不听话。”

山红抹了一把眼泪：“我怕您打我。”

爷爷恼火地说：“谁说要打你了，我要打你，早打了，还等今天，你这孩子！”

山红这时却笑了：“留蛋他妈说的，要让爷爷扒我的皮。”

“留蛋他妈去咱家那阵儿，我真想扒你的皮哩。”爷爷虽嘴上这么说，但早已消了气，他紧紧地攥住了山红的手，又使劲用手指暗暗地掐着她的手，山红觉得很疼，又很高兴，爷爷已惩罚了她，爷爷已宽恕了她。她立即跳起来，冲爷爷笑眯眯道：“爷爷，山沟里野果子可多呢，下个星期日，您带我来吧，行不行？”

“行！”爷爷朗声应道。

花花也好像响应似的，舒缓地长叫了一声。

我不要后妈

山红的跳级考试很顺利，爷爷几乎把这件事忘了，他并没指望山红是什么神童，也没盼望她将来有多大出息，只希望她能快快乐乐生活，健健康康长大，然后寻个好人家嫁出去，他也就对得起山红死去的奶奶，还有她没有印象的妈妈，还有那个总也没空回来看孩子的爸爸。

从那次贵州女人上门闹事之后，山红再没给他惹过事，爷孙俩生活得很温馨，也很平静。如果不是他腰疼、腿疼、胃也疼，他几乎感到完美了。有时，他真盼望着时间就停在这个时候，别再流动了，他别再老了，山红也别再长了，爷孙俩就这么一老一少地相依相伴，天荒地老。

可是，时间还是飞快地流逝，转眼间，山红有了自己的秘密，不是什么话都和爷爷说了，而爷爷面对孙女的突然长大，一片茫然，他发现，山红有些话不和他讲了，瑞霞、翠翠这些小伙伴们来了，要说什么事，山红都会给她们使眼色，快速地制止，然后拉着她们跑出院子，几个人叽叽咕咕，还警惕地望着他这个爷爷，似乎他成了一个讨厌的外人。有时，吃饭的时候，或晚上睡觉前，他会有意无意地打探她在学校的表现，或者问她一些事，山红再不像从前那么信任他，崇拜他，像过去什么都那么坦诚，那么毫无顾忌。他问得多了几句，山红连耐心也没了，开始嫌他啰唆，嫌他多嘴管闲事，甚至有两回，还冲他瞪起了眼，用尖刻的话噎得他喘不过气来。虽然，有时山红也意识到对爷爷粗暴了，拉着他的手赔笑脸，他这个爷爷，还是开始为爷孙俩之后的相处发愁。

姑娘大了，有了自己的隐私，如果家里再有个女性，或许能和她有一些沟通，适时地给她一些引导，那是最好不过的事情。而他，即使老伴活着的时候，也是一个粗线条没眼识的老农民呢。

还有一件他好几天想说又不知如何开口的棘手事，他一直憋在肚子里，不敢和山红说，几次话到嘴边，又咽了回去，憋得很难受。但他知道，迟说还不如早说，早让山红有思想准备，或许不至于到时冲击得她出现心理问题，从而影响到她的学习和正常生活。山红的爸爸已写信回来，五天之后，也就是中秋节，要带着他的对象回来。如果再不和山红讲，突然出现一个陌生的女人，性格倔强的山红怎么能接受得了呢。所以，那个傍晚，当山红回来兴奋地告诉他，自己不仅期中考试是第一名，而且被老师任命为学习委员兼班长，他也只是勉强地对山红笑了笑，淡淡地说了一句“好啊”。

山红是个敏感的孩子，她当即感觉到爷爷的不正常，就故意噘着嘴：“爷爷，我当了班长，您咋就不高兴呢。”

爷爷一怔，才发觉自己真是没表现出应有的激动，赶忙抬起头来，说：“我咋会不高兴，爷爷很高兴很高兴的，都不知道该咋个高兴了。”说着，还故意“哈哈”了两声，不过，连他自己也知道，自己的这个笑声还是假了一点儿。

山红瞪着爷爷，撒娇地说：“爷爷，您该向我祝贺，热烈祝贺，翠翠、瑞霞她们都祝贺我了，连留蛋也假眉三道地祝贺我。”

“爷爷当然要祝贺你，今晚给你炒三个鸡蛋。让你可劲吃一顿。”

山红乐得笑开了花，不过，她又摇摇头，说：“不用炒三个了，省一个吧，您不是说，浪费是极大的犯罪么。”但是她马上改口道：“还是炒三个吧，炒的少了，您又不吃，今天咱俩一人一个半。”

爷爷这回真是开心地笑了，他是高兴孙女既可爱又懂事。他赶忙从口袋里摸出五块钱，说：“去，你去瑞霞家的小卖铺给自己买两瓶酸奶喝。”

“谢谢爷爷！”山红接过钱就跑出去了。几分钟以后，她就哼着歌跑了回来，进窑时却把双手背在身后，爷爷这时心情也好起来，就故意冷下脸来，说：“酸奶呢，你是不是把钱弄丢了？”

山红太兴奋，藏不住秘密，就说：“爷爷，您猜，我买了什么？”

爷爷斜睨她一眼，说：“你还能买什么，你不就是喜欢喝个酸奶嘛。”

“您看这是啥？”山红学着变戏法的样子，双手在身背后颠来倒去半天，把一小瓶二锅头举到爷爷鼻子下边，然后得意地“咯咯”笑了起来。爷爷一愣，有点意外，又有点感动，但他还是故意绷起脸来，“你这个捣蛋娃，谁让你买这个！”

“爷爷您不是爱喝酒吗？”

爷爷两眼已经润湿了，他笑了笑，说：“爷爷以前是爱喝，现在不爱喝了。去，退了去吧，告瑞霞她妈，就说我现在不喝酒了。”

山红立刻不高兴了，说：“要退您退，我不去。”她把酒硬塞在爷爷手里，“爷爷，您就喝了它吧。我知道您舍不得，今天不是您要祝贺我吗，您拿啥祝贺我，拿米汤？让翠翠她们知道了，还不笑话死咱们。”

爷爷就咧着嘴接过了小酒瓶，并把瓶盖当即打开，仰着脖子美美地喝了一口，说：“山红，好酒呢。”接着又乐滋滋地抿了一小口，把瓶子对着山红举了举，“爷爷祝贺你，山红，你也喝哇。”

山红笑嘻嘻地举起酸奶，和爷爷的酒瓶碰了碰，说：“我也祝贺我自己哩。”她舍不得似的轻轻饮了一小口，就放下了。

爷爷这时发现了问题，说：“山红，你是不是只给自己买了一瓶？”

山红点了点头，懂事地说：“喝一瓶就行了，又不当饭吃。”

爷爷长叹了一声，摸了摸山红的头发，说：“明儿爷爷再给你买一瓶。过去，咱们欠人好多钱。到上个月，咱全还上了。以后，咱们就不用再抠抠索索过日子了，你想吃啥，就告爷爷，爷爷一定给你买。”

山红马上说：“爷爷，我想吃烧鸡。”

“啥烧鸡？”

山红边吸溜口水，边说：“听瑞霞说，叫啥道口烧鸡，可香呢。是瑞霞她二伯拿来的，瑞霞和我们说，真是香死个人了。”

爷爷“哦”一声，其实，他怎么能不知道，只是自从山红奶奶去世之后，这个家一直背着巨额债务，连正常生活都难以维持，哪里吃得起什么烧鸡烤鸭那类的东西。但他此刻下定了决心，用力地拍了一下两个人吃饭的小炕桌，像发誓一般说：“放心，山红，今年过年，爷爷一定让你吃上烧鸡！”

山红高兴地笑了起来，说：“谢谢您，爷爷！”

爷爷却高兴不起来，他知道自己这么多年来委屈了孙女，虽然不至于吃糠咽菜，但伙食大概是苍源村里最差的，山红有时想吃包方便面，都不敢说，一天天稀汤寡水的，豆腐都好久吃不上。衣服也比不了村里其他的女娃们，人家至少有个妈，起码剪裁得体，穿着合身，山红就不行，鲜艳华丽就没想过，连洗涮，自己都怕浪费肥皂，常常洗不干净，而且一件衣服穿几年，个子长了，上衣裤子都短巴巴的，山红都凑合着穿，也从没抱怨过他这个不称职的爷爷。他一看见别人家的女娃穿得花枝招展，整齐干净，他就内疚得很，自己实在老了，除了种地，还得放羊喂猪，精力确实达不到了。想到这儿，他不禁动容地夸奖起了山红：“山红，你真是个好娃哩。

爷爷打心眼里为你骄傲呢。”

山红眼睛都眯成一条缝了，“咯咯”直乐，说：“爷爷，您也会表扬我了。”

爷爷伸过手去拍拍她的手背，说：“爷爷早就想表扬你了，就怕你骄傲得翘尾巴哩。”

“我才不会翘尾巴，我们原老师赵老师都说了，要谦虚谨慎，骄傲使人落后呢。”

爷爷马上说：“老师们说得对。你要谦虚谨慎，特别是当了班长，啥事也要比别人做得好，不能使性子，和同学们都要团结，明白吗？”

山红爽快地点点头：“明白，我早就明白。”

“明白就好。还有学习，别看你在咱苍源是第一，去了乡里就未必是第一，去了城里就更未必了。城里好学生多了去啦，真是强中自有强中手呢。”

山红的脸色凝重起来，瞥了爷爷一眼，烦躁地说：“爷爷，您别说了，我知道！”

爷爷收了声，轻叹，心想：娃还小哩。

山红还真是个孩子，不一会儿就又变得高兴起来，小嘴不停地絮叨起学校里各色趣闻，说到兴奋处还“咯咯”“哈哈”地笑个不停，比如有男同学打闹，一个不小心把另一个的裤子拽掉了，被拽的男生钻到桌子下面不好意思出来；还有赵老师那个一岁半的娃，在寝室睡醒了，独自跑到教室门口，喊着赵老师要吃奶，赵老师没理她，她就趴在讲台那儿睡着了……

山红见爷爷一副迷迷瞪瞪的样子，似乎没好好听，就不高兴了，提高了嗓门喊：“爷爷，您咋不笑呢，我都快要笑死了……”

爷爷连忙假装恍然大悟地睁圆了眼：“笑，笑，爷爷一直在听你讲嘛，嗬嗬嗬……这不是在笑嘛。”

山红用手指着爷爷：“爷爷，您知道吗，您这叫啥，您这叫心不在焉，叫三心二意，叫不好好听讲，让我们原老师看见了，要罚您站的！”

爷爷点点头认错，说：“对，对，俺山红说得对，爷爷刚才真是走神了，没好好听讲。”

山红就又“咯咯咯”地笑了，学着老师的样子说：“您知道错了就好，下不为例，再让我发现了，我就敲您的板子。”

爷爷赶忙点头：“爷爷改，现在就改。”

山红在刷锅洗碗，从六岁起，这就是她饭后的任务，她也许是讲累了，专心致志地收拾起灶台，用抹布将灶台擦得干干净净。爷爷看她熟练利索，很是欣慰。他忽然意识到，今晚真是个好机会，孙女心情好，该到说那件事的时候了。于是，他点着一支烟，又咳嗽几声，沉吟了片刻，这才字斟句酌地轻声道：“山红哎，爷爷给你说件事。”

山红边扫地边懒洋洋道：“您说呗。”

“再过两天，你爸就回来哩。”

“您不是告过我了么，回来就回来呗。”对爸爸，山红也说不上有多想念。从她四岁起，爸爸就去煤矿当农民协议工了，父女俩聚少离多，一年也见不了几回面，有时过年过节，爸爸也不回来，说加班能多挣钱。所以，对父亲的缺失，山红早已习惯了。当然，爸爸回家时能给她带些山里见不到的新鲜食品，这是她盼望的。

爷爷徐徐道：“山红呀，你爸这次回来，还要带一个人哩。”

“带谁？”山红警觉起来。

“一个女人。”

“女人？”山红停下手来，秀丽的眼睛瞪大了好多，“爸为啥要带女人，他不是一个人回来么，是个啥女人？”

爷爷几乎不敢看她的眼睛了，躲闪着侧过头去，说：“这女人，是你爸新处的对象。”

山红像是蒙住了，一时没明白：“啥对象？”但她很快清醒了，声音尖利起来，“是不是后妈？”

一看山红顿时煞白了脸，爷爷也被吓到了，他一时无言以对，猛烈地咳嗽起来。

“我不要后妈！”山红把扫地的笤帚猛地一掷，歇斯底里地吼叫起来，“打死我也不要后妈！”然后扑到炕沿俯身痛哭。

爷爷早就料到这件事会遭到山红的反对，但如此激烈的反应，他还是没有想到的。他无奈地摇摇头，走到山红身边，轻轻地拍拍她的后背：“别哭了，你听爷爷慢慢说嘛。”

“不听不听，我就是不听！”山红捂住了耳朵，抗拒着爷爷的安抚，“我坚决不要后妈！”

“并不是天下的后妈都不好呀，山红。”爷爷皱着眉头，牙疼似的咧着嘴。

“都不好，就是都不好。翠翠和我说过一万次了，后妈的心比毒蛇还狠，比恶狼还坏！”

爷爷叹口气，还是轻声劝道：“你别哭了好不好，刚才你不是还很高兴嘛。”

“刚才是刚才，现在我就很不高兴！”山红扭过身来，用袖子擦了擦眼睛，恨恨地说：“现在您就给我爸写信，叫他别带后妈回来，要不，他也别回来了。”

爷爷苦笑一声，说：“山红哎，你小呢，不知道哎，爷爷也管不住你爸找对象呢。”

“您管不了我管，我给我爸写信，现在我就写。”山红跺跺脚，去找她的书包，她上三年级后，已给爸爸写过一封信，轻车熟路，从作业本扯下一张纸就埋头写了起来。爷爷窘困地看着她，见她写了一句："亲爱的爸爸，您好！"马上就飞快地划掉了，改成"父亲，我有话要和您说……"看着看着，爷爷忍不住笑出了声。

山红羞恼了，扭头瞪了爷爷一眼："您笑什么，爷爷，您知道吗，您这叫幸灾乐祸！"

爷爷依旧笑呵呵的："山红，别写了，你知道吗，从咱村里往你爸那儿寄封信，得六七天时间才能收到，那时，你爸早就回来了。"

山红赌气道："那我也要写！"又写了两句，她便一把扯掉了，"我要发电报！"

爷爷很惊讶，他百思不得其解，山红怎么能想到电报呢，连他都忘了世上曾有过"电报"这个东西。他继续阻止这个任性的孙女："现在哪还有电报？"

还是山红思维敏捷，她立刻说："对了，打电话，瑞霞家有电话，甭管多远，一拨就通。走，爷爷，您和我打电话去！"说着扑过来拉起爷爷的手就要往外走。爷爷被吓到了，他一面奋力挣扎，想甩掉孙女的纠缠，一边焦躁地想着对策，终于，在被山红强拖到院里时，他想出了一个有效的办法："山红，你爸的电话号码，你知道吗？"

山红摇摇头，爷爷松了口气："你看，你连你爸的电话号码都不知道，怎么打呀。"

“您知道，爷爷您一定知道！”

爷爷诚实地说：“娃儿呀，爷真的不知道。你见你爷啥时候给你爸打过电话。咱村就瑞霞家有部电话，那不是谁想打就可以打的，那得按时间付费，再说，你爸是个普通工人，哪里有电话。他们单位倒是可能有，你知道号码吗？”

见他如此说，山红顿时蔫巴下来，甩开爷爷的手，一跺脚跑回窑里，扑倒在炕上，低声抽泣起来。

爷爷内心很纠结，既不想伤害山红还很稚嫩脆弱的心，又知道她必须迈过这个“坎”，儿子迟早要再婚，不是挡不挡的问题，是必然的事情。而山红不愿接受“后妈”，也在情理之中。她的小伙伴翠翠就有一个“狠毒的继母”，她怎么能不恐惧呢。他必须让山红过好这个“心理关”。他紧随其后坐到山红身边，轻轻拍打她的后背：“俺娃别哭了好不好，你听爷爷说。”

山红仍气恼地翻腰挪背：“别理我，别理我，我烦着呢。”

爷爷不气馁，仍轻声慢语道：“山红呀，不是所有的后妈都像翠翠的继母哩，你的老爷爷，就是爷爷的爸爸也有个后妈呢，她待你老爷爷可亲着哩，比亲妈也不差呢。”

山红没再反驳，但仍低声抽泣。爷爷知道她听进去了，便又接着说："你爸信里说了，这个女人心眼好，对人很不错呢。"

山红不哭了，但仍伏身不起，低声嘟囔说："反正我不想要后妈！"

不再是爸爸唯一的宝

接下来的几天，山红的情绪都很低落，课堂上也不举手回答问题了，连老师都发现了她的不正常，问她是不是身体不舒服，山红都说“不是”。她只把这个让她沮丧悲伤的事，悄悄告诉了翠翠，翠翠也只对她说了一句话：“你千万别要那个后妈！”

但是，这两个小女孩不知道，她们根本阻挡不了后妈的到来。

那天中午，山红本来已忘了这件恼人的事，因为她的作文，当天受到原老师的表扬，并让她工工整整抄写了一份，贴在了教室后边的墙报栏里。这篇作文，老师要求写一个她们生活中最熟悉的人，山红写的是自己的爷爷。爷爷当然是她最熟悉的人了，从她记事起，他们俩便相依为命，爷爷说话的腔调，爷爷种地时的专注，爷爷给她缝补衣服时的窘态，爷爷故意吓唬她时夸张的瞪眼呵斥，这一切，她都太熟悉了。所以她写的时候，得心应手，竟然控制不住，洋洋洒洒写了近两千字，以致原老师边看边惊呼。虽然作文里有许多错别字(那是她们三年级学生还没学过的)，个别地方的描写还显得粗糙，但在她的笔下，却生动地展现了一个朴实的农民形象。而且，他与孙女舐犊情深的细节描写，令人潸然泪下。依他二十多年的教学经历，这样的作文，比许多初中生写的都好。应山红同学很优秀呢，所以那天放学的时候，他便把自己珍藏多年的两本世界名著借给了山红，叮嘱她一定好好阅读。

所以，那天中午，当山红欣喜异常又小心翼翼地抱着原老师的书爬坡回家时，已彻底忘了后妈很快就要到来的伤痛。她走得既轻松又愉快，走几步便把原老师借给她的书拿出来看上一眼，一本是《格林童话》，一本是《雾都孤儿》，她很想马上就坐在山坡的石头上全情投入到书里，可是一想到爷爷在家等着她，她就又快步往回走了。

老远，山红就看见许多人在她家院门口聚着，这太奇怪了，爷爷是个有些孤僻的人，很少去别人那里凑什么热闹，也从不招人到自家门口闲聊，今天突然来了这么多人，肯定是出了什么事。她急忙加快脚步，难道……她敏感的心什么都想到了，恰恰忘了爸爸今天可能带那个女人回来。人们把她家大门都堵住了，她只好挤开人群进门。人们像是突然发现了新大陆，猛地将山红一把揪住，夸张地大叫起来："嘿，山红，你爸给你领回后妈来了，快去见你后妈吧。"

山红顿时傻了，僵立在那里，呀，自己怎么就忘得一干二净了呢。她突然想哭，想放开声地大哭，可一听身边一片喧哗，她又冷静下来。人们在拿她取乐，"山红，你以后就有妈伺候了。""没妈的孩子是根草，有妈的孩子是个宝，山红，你以后就是个宝了。""对，以后就有人给你梳头洗衣服了，看这几年把你爷爷累的！"

山红想开口骂人，可她知道不能骂，这些人都是婶婶伯母、阿姨姑舅的，但他们说笑的神色实在令人生气，他们看她的眼神实在令她反感，他们还死死拽着她不放，似乎她成了令他们开心的笑话。她终于无法忍受，愤怒地扭动双臂抗拒他们的纠缠："你们别说了，放开我，放开我！"

最后逗耍她的是瑞霞妈，这是个山村里少有的肥胖女人，双下巴，肉囊囊的一个村妇，她重重地拍了一下山红，哈哈笑道：“见你妈去吧，你妈还给你带了个弟弟来呢。”

山红再一次被震晕了，跌跌撞撞的几乎要摔倒，她不想再回家了，想逃得远远的，但门却被热情的乡邻堵得山墙一般，她想飞都飞不出去了。她恨不能找个地缝钻进去，爸爸不见，村民们不见，那个鬼知道是个什么样的女人更不见，但是，她跑不了啦，羊圈倒是可以躲一躲，可是，正当她准备往羊圈藏的时候，爸爸出现了。

本来，她还对爸爸的归来有所期待，可今天，她却一下子厌恶起这个聚少离多的父亲，她只抬头冷冷地扫了他一眼，就要往羊圈里冲，爸爸一把把她扯住了，热切地说：“山红哎，你咋才回来，快进家去。”

山红奋力地反抗，试图摆脱爸爸的拉扯，愤怒地说：“我不进去，我不要你这个爸爸了，我要出去！”

爸爸一时愣在那里，都有些口吃了：“你、你说、说什么胡、胡话，快、快进家里，这、这么大姑娘了，让人笑、笑话。”

山红还在挣扎，她使起了牛劲，甚至抬脚踢起了多日不见的父亲：“别管我，我就是不回去，我要去同学家写作业。”

但是，她怎么敌得过年轻力壮的父亲，不管她四肢怎么如同溺水者一样舞动，最后还是被爸爸拖进了窑里。

尽管她头脑一片混乱，两眼低垂，她还是听见一个陌生女人努力操着难听的普通话在向她问话:“这就是山红吧，呀呀，山红长得这么高呢。”

山红的身高大概因为应家人的遗传，个子比同龄女孩要高，在全校二十多个女学生中，也算得上鹤立鸡群，这也是山红做了班长能服众的优势条件。平日，她很喜欢别人赞美她的身高，但今天，话从这个女人嘴里出来，她就不由得一阵反感，所以看都没看这个女人一眼。而爸爸今天就更狼狈了，只听他颇有点讨好地对那女人说:“你别跟她见怪，她长这么大，还没出过这个村子呢。”

山红生气了，脖子一梗:“谁说我没出过村子，我还去过后山呢！”

爸爸可能不敢恼，用鼻子哼了哼，严肃地大声道:“叫阿姨！”

山红低着头，但梗着脖子没响应。爷爷赶忙圆场道:“今天第一次见，以后熟了，再叫不迟。”

陌生女人好像也能理解，走了过来，摸了摸山红的头发：“山红长得真漂亮哩。虎虎，过来，叫姐姐。”

就见一个四五岁的男孩跑了过来，冲山红脆脆地喊了一声：“姐姐！”

山红不由得抬起头来，哦，这就是堵在院门口那些人说的弟弟了。这个叫虎虎的男孩一点儿也不认生，一对亮亮的眼睛好奇地瞪着她，一动不动，仿佛在研究她，神情纯真而可爱。她想起了自己未能活下来的弟弟，对这个小男孩有一些亲近之感，她不由自主地伸过手去，拉住了虎虎：“我领你出去玩吧。”

男孩立刻高兴得眉开眼笑，也攥紧了她的手：“姐姐，你领我去抓知了吧，叔叔说，村里知了可多呢。”

山红听得出，他说的叔叔是自己的爸爸，不禁有些反感，但虎虎已拖起她的手要往外走了。陌生女人赶忙提醒：“你们可别走远，注意安全！”

爸爸更是吃里爬外，一口官腔地说：“山红，你要招呼好弟弟，别带他到危险的地方，你听明白了没有？”

山红没理爸爸，她心里恨恨地，还没怎么样，就向着外人，哼！有那么一阵儿，她几乎想甩开这个陌生男孩儿的手，或者踢他回窑里去。但这个虎虎攥得她太紧了，还讨好地直冲她笑，她就又不忍心了。她带虎虎走出门来，外边看热闹的人已散去，山沟里又重回寂静。山红的心也一片凄寂，从今天开始，家里多了个讨厌的陌生女人，从此，再没有往日的平静和温馨了，她的心底陡生一股悲凉。

“姐姐，你要领我去哪里？”虎虎巴巴地仰头看着她，山红顿时从凄悲中清醒过来，仿佛突然发现身边这个虎头虎脑的陌生男孩，怔了片刻，问：“你，你要去

哪里？”

虎虎显然没看出她对自己的厌恶，仍用渴望的目光望着她，“咱们去抓知了好不好呀？”

“不好！”山红回答得斩钉截铁，“现在太晚了，要不，你先回去，我去我们同学家说个话。”

虎虎当然不肯回去，两手扯住了她的衣袖：“不嘛，我要和姐姐一起去。”

山红拿他没办法，就拉着他的手顺着山路漫无目的地走，她没心思和虎虎交流，虎虎却有无数的问题，小嘴巴喋喋不休地问这问那，山怎么这么高呀，沟为啥这么深，鸟儿为啥不怕人呢，树上的果子能吃吗……山红烦得很，有些回答，有些就装着没听见，有些就不免回复得有点恶声恶气，但虎虎没心没肺，仍扯着她的手高兴地晃来晃去。山红就觉得对不住这个实诚可爱的小家伙了，开始带他扑蝴蝶，抓蛐蛐，采山果，两个人跑得不亦乐乎，采摘了许多果子，衣裤口袋里都装满了，虎虎乐得呵呵直笑，山红也把后妈带来的烦恼一时丢掉了。

回到家时，饭已备好了，爷爷早有准备，桌上摆满了花样繁多的吃食。虎虎他妈好像已进入角色，系着围裙在灶台前忙乎，山红爸似乎是助手，殷勤地围着她在窑里窑外蹿来蹿去。虎虎一进门就炫耀地向他妈展示他的收获，他妈妈喜笑颜开地搂着他转了一圈，母子俩都很高兴。片刻，她才想起山红，过来拉拉山红的手：“弟弟没淘气吧，看你满脸的汗。”说着就抓起围裙要给她擦脸。山红本能地躲闪着，但还是被虎虎他妈在额头上抹了一把。“山红，我给你买了件衣服，也不知道合适不合适。”

山红低低地说了句：“我不要。”就往窑里走。她爸一伸胳膊拦住了她：“你咋不懂事哩，阿、阿姨特意在商场为你挑了一上午呢。”

山红还想往窑里走，爸爸暗暗用力将她的胳膊扭住，她就动不了了，虎虎他妈从提包里取出一件艳红的上衣，略带夸张地说：“俺山红身材真好，细细高高的，穿上一定好看。”说着就往山红身上套，山红身子扭了几扭还是穿上了。虎虎他妈上下左右打量了一番，就拍了两下巴掌，说：“好，好，合适，山红穿上这身衣服，就更漂亮了。虎虎，你说，姐姐漂亮吗？”

虎虎口里嚼着山果，傻呵呵地说：“姐姐漂亮。”

山红她爸瞥了山红一眼，说：“你还不快谢谢阿姨！”

山红内心无比纠结，新衣服她当然喜欢，也的确是她见过的最漂亮的衣服，以前只在瑞霞家电视里看到过。但是，眼下因为这件衣服，让她向后妈服软，她还是不情愿的。爷爷也看出了端倪，就替她打了马虎眼，笑着对虎虎他妈说：“山沟里长大的娃，你千万别见怪。”

虎虎他妈嘴上说“我咋会见怪呢”，但山红看见她脸上笑容渐渐凝固，在昏暗的灯光里显得有些阴沉。比她更阴沉的是自己的爸爸，开始吃饭的时候还依旧不拿正眼看她，倒是对那对母子时时献媚，他不停地为这对母子夹菜，只是偶尔想起来似的扫一眼山红，象征性地为她夹一块土豆。爷爷也像是对待贵客一样，不时地对这对母子说“快吃快吃，趁热吃”。

山红如鲠在喉，虽然今天的饭菜是有记忆以来最好的，她还是只吃了一点点，就借口写作业回里屋了。她正要关门，虎虎也扔掉筷子，尾巴似的跟了进来。山红轻推他一巴掌：“我要写作业呢，你出去玩！”可是，虎虎很执拗，非要挤进去，并央求说：“姐姐，让我进去，我不捣乱。”

爸爸在那边也说话了：“山红，你就带着弟弟，弟弟可听话了。”

山红只好放虎虎进来，其实，她的作业在学校早做完了，她只不过不愿看爸爸和爷爷讨好虎虎他妈。虎虎他妈，应该说不丑，眉目倒也清秀，只是像受过多大苦难似的，虽化着淡妆，但仍显憔悴。人似乎也不太恶，比翠翠她后妈要显得慈善一点，但山红还是不喜欢她。爱屋及乌，恨屋也及乌，所以她就很烦虎虎。虎虎确实不捣乱，山红乱翻书，他就呆呆地看。山红在纸上乱涂画，他就咬指甲，问她画的是啥。山红不想理他，瞪他一眼，他就傻傻地笑，说他哥哥也常这么乱画，山红很奇怪，忙问：“你还有哥哥？”虎虎就说：“有，只是哥哥老打我，没姐姐好。”山红就僵在那里，后妈看来不仅拖了虎虎一个小“油瓶”，还有一个没露面的大“油瓶”。天哪，她们这个家将来可就热闹了。以前，虽然大家聚少离多，亲情淡薄，但她是爸爸唯一的“宝”，将来，爸爸就是三个小孩的父亲了，给自己的爱可能就更少了。想到这里，一股忧伤袭上山红心头，泪水止不住流了下来。

虎虎倒是乖巧，马上伸出小手要为她揩泪，她用力挡开了。但虎虎没计较，仍一脸纯真地劝慰她：“姐姐，别哭，你一哭，我也想哭。”山红很烦，悻悻地抹掉自己的眼泪，说：“你想哭？你哭个什么劲儿？”

虎虎睁圆了大眼睛：“我、我没爸爸了。”

山红怔住了：“你爸爸死了？”

虎虎点点头：“死好久好久了，我没见过。”说着，眼泪就要掉下来。

物伤其类，山红想起了自己死去的妈妈，拉起了虎虎的手，虎虎顺势就把头靠在了她的怀里，并把她的手攥得更紧了。

这天晚上，虎虎就留在山红窑里睡觉，连他妈都觉得突然，一脸的歉意，但虎虎却执意要留下，山红这次爽快地答应了，她爸也借坡下驴，连连说好。爷爷在旁边笑呵呵地看着，也说："真是，不是一家人不进一家门哩。"

虎虎不认生，和山红在炕头玩了几下击掌的游戏，躺下一会儿就沉沉地睡过去了。山红却好久没睡，一是后妈初来乍到的冲击还让她心绪烦躁，二是她好奇地侧耳倾听着爸爸和爷爷的唠磕。

后妈回那边窑里去了，此时爷爷窑里只剩下这对离别很久的父子，他们有很多大事，要留在这个时候商讨，有很多需要背着虎虎他妈的情况，要在这个时候沟通。起初，或许是怕隔墙有耳，山红爸爸的声音很低，但爷爷耳背，不断地打岔，山红她爸只得把声音增加了几十分贝，虽然是里外窑，山红他爸还是怕山红在里窑听见，说话中间还特意进来又查看了一遍，还高声问："山红，你睡着了吧？"山红没应声，装作睡得很沉，雷打不动，电闪不惊。她爸这才放心地出去了。

其实，山红根本没有一点儿睡意，她的耳朵始终竖起，虽然隔着一道门，她比爷爷听到的更为清晰，更为准确。她由此知道，这个名叫"兰英"的后妈，丈夫死了约有五年，也是一个农民协议工的妻子，现在有两个男孩子，大孩子之前一直跟爷爷奶奶生活在农村，因为该上初中了，现在也接出来在矿上子弟学校上学。

爷爷这次听清楚了，大声叹着气：“哎呀，两个男娃，你们将来日子要紧巴哩。”

山红爸爸也长叹一口气：“是啊，这个我也想过了，但实在没合适的女人了。我这个岁数，家里有老人又有娃，哪个没结过婚的大姑娘愿意嫁我呢。虎虎他妈人挺好的，现在在矿上当清洁工，也能挣千儿八百，生活还不算是个问题。就是将来买房子发愁。”

爷爷高瞻远瞩地说：“这还不算太难的事，是这俩男娃将来上大学娶媳妇，确实是个大问题，北田村你老舅家炎生，去年考上大学，不就上不起嘛。”

山红她爸好久没动静，过了一会儿，才长叹一声：“走一步说一步吧。上大学还早着呢。”

“山红，你考虑咋办？”爷爷突然说道。

山红在被窝里突然惊到了，如被蜜蜂叮着了一样一跃而起。但她马上又悄悄躺下了，竖起了耳朵，想听听爸爸如何安排她的未来，但很长一段时间，外面窑里死一样沉寂，直到她以为他们都睡着了，才听见爸爸又长叹一声：“能咋办哩，还是跟着你在村里过活吧，好让你也有个伴儿。”

犹如溺水，山红一下就沉到湖底，两眼一片黑暗。她本来也没指望爸爸接她到山外，到城里。小时候她有过这样的盼头，还曾哭着闹着纠缠着，要跟爸爸去坐汽车，再坐火车，再买棒棒糖，还抱着爸爸的腿躺在地上耍赖，但过了这么多年，她已习惯了和爷爷待在一起的生活，真让她走，她还舍不得爷爷孤零零一个人呢。她此刻只要爸爸的一个承诺，一个象征性的表态，但懦弱的父亲连一个虚伪的态度都没有，她太恨这个父亲了。她在心里哭了，犹如泉水一般的泪水从心灵深处涌了出来。

好久，山红听见爷爷悲怆地叹了一声："算了，我知道，你也难哩。只是我越来越老，怕亏待了山红呢。这娃儿，是好娃儿哩，不讲吃，不讲穿，爱劳动，懂礼数，还学习那么好，我是怕村里的学校落后，她学不好呢。"

爸爸似乎苦笑了一声，说："是人才，村里也能学好的，不是人才，接到北京也不行哩。"许是抽烟呛着了，他连连咳嗽，稍许停顿后，又道："爹，我不是不心疼山红，我就这么一个亲闺女，我咋会不心疼，我晚上做梦都梦的是她和你。可过去，我在井下三班倒，而且经常加班，十几个小时在矿上，实在没时间照料她，现在虽然算成了这么个家，又只租了一间房，两个小子加我俩，根本住不下。山红又是个女娃，和她大儿子只差两岁，挤在一张床上也不行。您说是不是，爹！"

没听见爷爷回应，山红只听到爷爷突然就山崩地裂地咳嗽起来，然后，爸爸也猛烈咳嗽开来。

小小“拖油瓶”

像风一样来，又像雨一样去，山红她爸要回矿上去了。这次，山红对父亲没有什么留恋，不仅是多年的长久分别，使她逐渐疏淡了对父亲的依恋，更是前一天晚上，父亲对她的漠视，让她觉得父亲离她越来越远，远得只剩下一个陌生干涩的称呼。所以，当父亲临走时问她，需要什么下次回来带给她，她只淡淡地摇了摇头。她想要的东西很多，小女孩都喜欢的纱巾、带帽的羽绒服、小棉手套，这些东西瑞霞都有。当然，她还喜欢书，同学家仅有的书都借来读过了，原老师、赵老师的藏书，她也都读完了，她从瑞霞家的电视里知道，世界上的书海了去了,她很想让父亲为她买一些回来,但她憋着没说,她已懒得和他说了,她觉得自己就快像孤儿了。

山红偷瞥一眼,看见父亲近乎骨瘦如柴,白了约大半的稀疏头发,毕竟身上流淌着这个男人的血,还有割舍不断的骨肉亲情,今天这一分别,不知需要多长时间才能再见,山红鼻子还是酸了。倒是虎虎他妈几次把她拥到怀里,使劲地抱了抱她,又是摸她的脸,又是为她理着头发,让她逐渐减少了对父亲和继母的怨恨。

然而,谁也想不到的一幕,就在这时发生了,虎虎打死也不肯随他妈和继父回去了。昨晚,虎虎照例还是和山红挤在一个炕头睡。被妈妈硬从被窝里拉出来的时候,他还睡眼惺忪,懵懵懂懂,就乖乖地穿衣洗脸吃饭,等明白这是最后一顿早餐,之后就要和新相识的姐姐长久分别,他就不干了,大叫大嚷起来:“我不走,我不回,我要和姐姐在一起!”

这当然是不可能的,他妈妈好言劝说,山红的爸爸也几番郑重承诺,不久就会再次带他回来,连山红的爷爷也找出自己珍藏多年的子弹壳,哄骗他赶快起程。但是,虎虎对这一切,都不领情,也不买账,他已不是张牙舞爪地进行反抗,而是直接爬到地上,用手搂住山红的小腿,作拼死状。

这让一家人都窘困无比,尤其是山红的爸爸,虽然据山红偷听到的，这个小孩已改姓应，但毕竟不是他的亲生儿子，他既出手不得，又不想在自己父亲和女儿面前显露他的无奈，就焦躁地不停来回踱步，催虎虎他妈："时候不早了，要赶不上车了，快想法让你儿子走呀。"

虎虎他妈又苦了脸，俯下身去拉自己的儿子，央告说："我的小祖宗呀，快走吧，再不走，我就不要你了！"

但满脸泪痕的虎虎没有被他妈妈的恐吓吓倒，叫道："不要就不要，我要姐姐！"

妈妈只好又把声音放软了说："好孩子，你不是妈妈的好孩子吗，咱们回家，回去妈妈就天天领着你上班。"

虎虎依旧不肯起来，还说："你又骗我，你天天说领我上班，可是你天天把我一个人锁在家里。"

妈妈内疚地叹了口气："妈妈也没法子，天不亮就得去扫马路，带你上班不安全呀。"

山红的腿一直被虎虎抱着，不能动，起初她还很烦虎虎这样缠着，她上学的时间也马上到了，作为班长，她掌管着教室门的钥匙，要早点到学校，心里便有些烦，虽然这三天渐渐也喜欢上了这个无血缘关系的弟弟，但还是想让他快点儿走，所以几次她都想甩腿脱身。此刻，听见这个还没有五岁的小男孩天天被锁在家里，她又动了恻隐之心。她心一横，就对这个注定要成为自己继母的女人小声道："阿姨，要不，就让虎虎留下吧，我来带他。”

她的声音虽然不高，此刻却像一声炸雷把三个大人惊得目瞪口呆，先是她的爸爸眼睛都直了，嗫嗫地问：“山红，你带他行吗，你还得爷爷管你呢。”

山红横了一眼父亲，朗声道：“能行！我们学校有带弟弟妹妹上学的。”

山红说的是实情，现在村里的青壮年男女陆陆续续都去山外打工去了，他们的孩子都留给了爷爷奶奶，爷爷奶奶们生病，或者农忙时，就让他们以大带小，领到学校照料，学校的原老师、赵老师也通情达理，默认了这些学生的做法。

虎虎他妈一时惊呆了，她都意外得不知说什么好了，一把搂住了山红，声音有些发颤：“闺女，你真是个好闺女，可是，阿姨怕影响你学习。”

山红自信地说：“不会，阿姨，您放心吧！”

爷爷刚才一直惊得咳嗽不止，这时说话了：“山红，你真行吗？”

“行！”山红既果断又坚决地抬头看了一眼爷爷。

于是，纠缠和闹腾了半个小时的大麻烦解决了，最激动的还是虎虎他妈，她忍不住再次抱住了山红，并第一次在山红脸上亲了一口，几乎像发誓似的说道：“山红，我的好闺女，阿姨一定会像亲妈一样爱你的。”她也抱了自己的儿子一下，然后瞪着眼威吓道：“你要不听姐姐的话，我过两天就带你回去！”

山红她爸已顾不得儿女情长了，嚷嚷着：“快走吧，一会儿就赶不上汽车了。”

是的，从苍源村去乡里有十多里山路，走路最快也得一个多小时。所以，看着爸爸和阿姨逃难似的奔向沟底，山红和虎虎几乎没来得及向他们告别。如果说，山红还有一些惆怅和莫名忧伤，虎虎却像重获自由一般，嚷着要和姐姐上学去了。

仿佛从梦境中醒来，山红这才凝神看着身边这个陌生的男娃，她突然从方才梦幻的喧闹中冷静下来，意识到由于一时冲动承诺下这么一个沉重的“包袱”，她不禁苦了脸。再抬头看看爷爷，爷爷也是一脸的忧虑和沉重，她听见爷爷发自心底的一声长叹，便有点歉疚地对爷爷说：“就让虎虎每天和我上学吧，我会照顾好他的，您也放心吧。”

爷爷苦笑地点了点头：“山红，你做得对，要不，你爸就要误车了。只是，你也还是个需要人照顾的小孩子呀，以后，就让虎虎随我，我放羊，他放羊，我去地里，他也去地里，他也是苦命的娃哩。”

不料，虎虎梗起脖子，说：“不，我随姐姐，她去哪我去哪，我要跟姐姐上学。”

“你个捣蛋鬼，可要听姐姐的话呢。”爷爷也开始喜欢上了这个男娃,不管咋样,这个男娃姓了应家的姓呢。这几天里，虽然虎虎在他妈面前也撒娇，也顶嘴，也偶尔要泼，但对继父、爷爷和山红都是一副俯首听命规规矩矩的样子，大概他也知道，这家人和他无血缘关系，使不得性子，有时还显得十分乖巧，给继父点烟，给爷爷端水，给山红跑腿。

不过，爷爷还是有点替山红担心，见他俩牵着手要出院子，再次说道：“山红，要不还是把虎虎留给我吧，你可是班长，别叫虎虎坏了学校的规矩。”

山红回首一笑，自信满满地对爷爷说：“爷爷，您就放心吧，再捣蛋的男生我都唬得住，还带不了个他！”然后又扭头吓虎虎道：“你听着，你敢捣蛋，我立马把你扔沟里，你说，我敢不敢？！”

虎虎吓得低下了头：“你敢，姐姐。”

山红在院门口得意地对爷爷喊:“爷爷,您听见了吧,他说他听我的话。”

果然，接下来几天，虎虎非常听话。山红给他在校园里画了一个圈,就像孙悟空给师父和师弟画了一个“安全圈”一样,指令他只能在这个圈内活动,不得越出一步。有时，山红借着去老师办公室的机会视察一下，或者仗着给同学收发作业本的便利条件，在窗户上观察一番，发现虎虎还能基本做到中规中矩，虽有点百无聊赖，偷偷地向山沟里张望，或者有羊啊狗啊从校门口走过，他会虚张声势地砸块石子儿，但太大的“出轨”，还没发现。后来，山红就给他一个树枝，写几个字，让他照猫画虎写字以消磨时间。不料，虎虎竟认真了，每天主动要“完成作业”。山红不禁喜出望外，给他找来自己一年级时使用过的课本，让他像模像样地做起了学生。

当然，还是在院里。后来，山红就觉得对不住虎虎了，因为天冷了，有时还刮风，飘几丝雨，虎虎冻得只好满院里跑。山红就请示老师，能不能让弟弟坐在教室后边，保证不打扰老师的正常教学。原老师和赵老师都爽快地答应了，他们相信山红。可是，虎虎太小了，还不适应长达 45 分钟的课堂生活，常常坐着坐着就睡着了，不知什么时候，“扑通”一声就倒在地上。还有，他那时还不懂憋尿，想尿，就悄悄溜到山红身边喊着要去撒尿。虽然声音不是很大，还是被几个男生听到了，他们就笑，课堂纪律就乱了。山红又羞又气，就用手使劲掐虎虎的臂膀，虎虎不敢哭，就憋得脸上一片红紫。

尽管受到训斥，虎虎还是死不悔改，天天拽扯着山红要去学校“受罪”。他其实很快乐，真心的快乐。倒不是学到了什么知识，而是感受到了人多的安全，他再也不用一个人独自在家煎熬度日了。他现在只特别盼望

下课时分，和大孩子一块儿疯跑。同学们都待他不错，尤其是女孩们，几乎每天都有人给他一块儿红薯，或一把酸枣，或一个核桃，男生们会给他制作玩具，或形似木枪的“武器”，或一把皮条的“弹弓”。当然，也有女生给他白眼，男生给他使“暗枪”，装作无意间将他撞倒，或把毛毛虫和蝎子悄悄塞到他口袋里。他都会哭着报告给姐姐，然后，他高兴地发现，这些恶作剧的男孩被姐姐追得满山跑，最后连声求饶。后来，他也看出来了，这些男孩其实并不是打不过姐姐，而是姐姐在“发飙”那刻，确实像护雏的疯狂老母鸡，可以不管不顾奋勇献身。当然，还因为姐姐在这个“乌合之众”的复式班里，是名副其实的小老师。

所以，虎虎很崇拜姐姐，也为有这么一个姐姐而骄傲。姐姐训他，甚至踢他，他都愿意承受，以至于有一天晚上，疲惫至极的爷爷问他：“想妈妈不，想了，我就送你回去。”这是爷爷真实的想法，尽管一天的大半时间，虎虎由山红带着，但他也操心哪，常常在山里地头猛地想起这个外来的孙子，就忍不住提心吊胆，万一有个闪失，怎么向这个半路来的儿媳妇交代。山红还小，还不知道事情的轻重哩。前两天，虎虎感冒发烧，山红睡得很沉，他可是一夜都没敢合眼。所以，他已起了送虎虎回去的念头。但是，谁知这个孩子竟想也没想就断然回答："不想，爷爷，我可不回去！"

爷爷苦脸了。山红竟也帮腔："爷爷，别送弟弟回去，虎虎可听话了。"爷爷默然，翻过身去，睡了。

虎虎他妈走后的第三个月，来信了，两封。一封以夫妻双方的名义，报告爷爷，他们已正式领取了结婚证，另一封是这个继母写给女儿山红的。写给山红的这封信很长，两页半，字数是写给爷爷的三倍。爷爷看见山红读着读着抽鼻子了，一会儿又垂下了两行清泪，爷爷就挪过身子摸了摸孙女的头。

山红看了一遍，又看了一遍，就伏在炕沿上抽泣了起来。爷爷疑惑地扯过信看了起来，哦，这个新儿媳的字还满清秀哩，戴上老花镜再细看，他又"哦"了一声，新儿媳还是满会写，满有文化的哩。

……山红，我的女儿，你真是个善良的孩子，我第一天就喜欢上你了。你对虎虎弟弟那么好，真像亲生的姐弟，我很感动，真的，感动得厉害。这就是人们说的缘分吧。我们能成为一家人，真的是上天给予我们的缘分。我能成为你的新妈妈，是我的福气，我真想让你喊我一声"妈妈"。你放心，我的女儿，我也曾是很早就失去母亲的一个孤独的女孩，我知道没有妈妈的悲哀和痛苦，我能理解你对一个陌生阿姨的戒备和担忧，你放心，我会努力做一个好妈妈的……

见山红依旧伏在炕沿上一动不动，爷爷便轻轻推了推她："山红，阿姨还给你和虎虎寄来一大包东西呢。"说着下炕去里屋提了出来。山红抹了一把脸，淡淡地，没像过去收到父亲的包裹那般激动、着急地去抓去看，她还沉浸在方才读信的震荡和激动之中。继母也是很早失去母爱的人，这让她很惊讶，继母愿意像亲妈一样来爱她，这又让她很意外，很感动。只是，这个爱的信息传达得太突然了，因为在翠翠的暗示下，她早已做好了迎接恶继母的思想准备。

爷爷一边从包裹中往外取东西，一边啧啧道："你看，你看，虎虎他妈给你寄了多少东西啊，还有暖水袋呢，还有书。你得写信谢谢她哩。"

山红回归到了平静状态，不，是突然进入了孩子正常的欣喜状态，她没见过暖水袋，于是从爷爷手里夺过来上下翻动着，想搞明白这个东西有何作用，但是，琢磨了好一会儿，仍不知是何物，还是爷爷知道的多，说这是取暖用的。

书就不用爷爷解释了，山红自己看书名知道是两本散文，一本作者是外国人，有些生疏的名字，另一本的中国作家就久闻其名了,冰心先生,课本上就有她的作品。山红很喜欢，就捧在手里摩挲了好一会儿，然后打开看了起来。爷爷看她已读得入了迷，就再一次提醒她：“山红，你该写封信给阿姨，告诉她收到礼物了。”

山红苦了脸：“爷爷，您写吧，我不知道咋写呢。”

爷爷笑了，说：“你咋不知道咋写呢，你不是给你爸写过好几回信了嘛。”

山红着急地摇摇头，辩解说：“我不是不会写，我是不知道该咋说……”

爷爷便明白了她的窘困在哪里，就走近她，拍拍她的后背，问道：“山红，你跟我说，阿姨对你怎么样？”

山红犹豫了片刻，然后低头呢喃一般：“还行吧，比翠翠她后妈要好。”

爷爷立刻道：“不是要好，是好多了呢。”缓了一会儿，又语重心长地继续，“山红呀，人这一辈子，要遇好多好多人哩，咱对谁都得好哩。你对人家好，人家就会对你好，你对人家不好，就别指望人家对你好。人心差不了米粒呢。人家对你好的时候，你一定要回报人家更好。山红，你听明白我的意思了吧？”

山红点点头，说：“听明白了，爷爷。”然后，她就从作文本上轻轻扯下两张纸，幽幽地叹了口气，提起笔来迟疑了好久。爷爷没再看她，悄悄去了院子。一直在院子里玩耍的虎虎却在这时跑回来了，他扯着姐姐的衣服，好奇地问："姐姐，你干啥呢，让我看看。"

山红甩开他："别捣乱，我写信呢。"

"给谁写呢？妈妈吗？"

山红重重地"嗯"了一声。虎虎就趴在她身边，乖乖地看着她在纸上写了两个大大的字——"妈妈"。

虎虎指指那两个字，问："姐姐，这两个字念'妈妈'吗？"

山红的眼泪便再一次淌了下来，手也抖了几下，但是，她还是握紧了笔，快速地写了下去：

> 妈妈，我好想好想当着你的面，喊一声妈妈，我有很多很多年，没喊过妈妈了，每当听见别的小孩喊妈妈，我的心都在痛……

山红忍不住，又抽泣了起来。虎虎吓坏了，忙伸手去为她揩泪，山红推开了他。虎虎就飞也似的冲到院子里，火急火燎地喊："爷爷，你快去看哪，姐姐哭了。"

爷爷在喂猪，冲他招招手："别喊了，你过来。"

虎虎不解，说："爷爷，你咋不管姐姐，她在哭呢。"

爷爷就悄声地对他说："你姐姐是激动地哭呢，她找到妈妈了呀。"

虎虎听得一头雾水，茫然地看着爷爷。

我不当班长了

山红重获母爱后不久，却连失两段珍贵的友谊，从小一起玩大的“小闺蜜”，瑞霞和翠翠先后和她闹掰了。

先是瑞霞，这个脸蛋和身板都胖墩墩的好朋友，突然原因不明就对她恶语相加，让她如堕五里雾中。瑞霞家离山红家很近，几乎每天上学都是瑞霞路过喊她，山红对她甚至有了依赖症，连窑后那个挂钟都很少去看。可是，这个浓雾弥漫的早晨，她却没听到瑞霞那熟悉而尖利的喊声，直到已看得懂钟表的虎虎惊叫一声：“姐姐，要迟到了。”正在擦灶台刷碗的山红这才发现，离上课时间只剩七分钟了，她将抹布一掷，拉起虎虎就朝学校跑去。

两人跑得气喘吁吁，虎虎的鞋带开了，脚也快出来了，跑起来一瘸一拐，他不停地央告姐姐："慢点，姐姐，我的鞋要掉了。"山红却不给他喘息的时间，一路拉着他在坎坷不平的山坡上狂奔。快到学校了，山红才追上走在前面的瑞霞。瑞霞正和另一个同学有说有笑，山红火了，在她背后火气很大地厉声大叫："瑞霞，好你个你，为啥今天上学不叫我？"

瑞霞慢慢转过身来，但目光里充满了鄙夷和仇恨，她像村里吵架的妇女一样，先朝地上狠狠地啐了一口，然后大骂出口："凭啥叫你，你算老几，你们一家都是给脸不要脸的臭东西！"

山红当即被她骂愣了，她傻傻地站在那里，快速地回忆她们近两天的交往，她也没得罪瑞霞呀。甚至昨晚下学时俩人还勾肩搭背，说一个男同学上课时的窘事，还心有灵犀地拍掌疯笑，怎么过了一个晚上，就变成这样了？她气得都快流泪了，她手指着叉腰怒目的瑞霞，也厉声问道："姚瑞霞，你，你为啥平白无故骂我？"

瑞霞轻蔑地横了她一眼："我就骂你了，怎么地，我还要再骂，你全家都是给脸不要脸的臭东西！"

山红一时涨红了脸："你，你再骂，我就抽你嘴巴！"

瑞霞不惧，反而跳脚道："我就骂，我就骂！"

山红怒火万丈，就往坡上冲，这时猛听一声怒喝：“应山红，你要干什么？！”

山红没转身就知道是原老师，她当即软塌塌地放下手来，两眼含着泪，对走近的原老师委屈地说：“姚瑞霞她，她无缘无故就骂我，还骂我全家。”

“应山红，你别忘了，你是班长！”原老师一左一右各瞪了她们一眼，“走，走走，快上课了！”

瑞霞先跑了，原老师扫了山红一眼，也“咳咳”地弯腰驼背地走进校门去了。山红很委屈，眼泪立刻流了下来。还是虎虎懂事，对她说：“姐姐，别理她，姚瑞霞才是给脸不要的臭东西呢。”

山红还是气不过，她愣怔了片刻，才拖着虎虎进了教室。整整一个上午，山红都很郁闷，连课都没听进去。为了搞清楚瑞霞今天为何如此张狂，如此不讲道理，她还在下课以后，悄悄问了其他同学，大家都不知道姚瑞霞为什么要开口骂人。还是翠翠想起来什么，口气神秘地对山红说：“你还不知道，瑞霞她爸当村主任了。”

山红还是不明白，睁大了眼睛：“就是她爸当了乡长，也不该随便骂人呀。”

放学回到家，山红还是很郁闷，因为刚才虎虎贪玩，走得慢，被瑞霞她们又跟了上来，瑞霞仍用斜眼瞪着他们姐弟，嘴里不干不净地嘟囔着什么。山红这次没回应，拉起虎虎就往家赶。还是爷爷发现了她情绪不对，问她咋不高兴了。山红心烦，也没回答。倒是虎虎嘴快，告爷爷说“瑞霞骂姐姐”。

“为啥哩？”

山红只顾和面，也懒得给爷爷回应。作为一班之长，学校的烦心事很多，哪能和爷爷说得清呢。又是虎虎回答：“我们咋知道，她一见我俩就骂哩。”

“骂啥哩？”

虎虎应答说：“骂咱全家都是给脸不要脸的臭东西，爷爷，啥叫给脸不要脸？”

“哦，”爷爷犹豫片刻，苦笑一声，“我知道她为啥骂你们了，也是怪我呢。”

山红正揉着面，抬头惊讶道：“爷爷，怎么会怪您呢，您又没搭理过她一个小孩子。”

爷爷皱皱眉头，说：“山红，你记不记得前天晚上，瑞霞她妈给咱拎过一桶油来？”

“记得，”山红满脸疑惑，“咋地了，咱家不是正没油吃了吗？”

“昨天，我又给她家送回去了。”

“为啥？”

爷爷叹口气：“咱不能随便要人家的东西哩。吃人家的嘴软，拿人家的手短呀。你以为她妈是随便给咱送东西，她是想让我给瑞霞她爸投一票哩，她爸想当村主任呢。”

山红“哦”一声：“那您就给她爸投一票呗。”

爷爷点着一支烟，狠狠地抽了几口，咳嗽一声，才慢悠悠道：“山红，你小呢，不知道情况，爷爷谁的票都能投，就是瑞霞她爸的票不能投。这个人呀，是我看着长大的，人品不咋地，他当村主任肯定当不好。”

“那您没投他的票了？”

爷爷沉重地点点头：“我想了一晚上，还是不能给他投。山红，人要坐得正哩。你记住，不该拿的东西，千万不要拿，不该吃的饭，千万不要吃。人哪，拿了人家的东西，就很难按良心做事做人了。”

山红看了一眼爷爷：“我听翠翠说，人家还是当了村主任了嘛。”

爷爷哼一声：“我看他，当也当不好呢。”停了片刻，又道：“这是我们大人的事，你别管。你和瑞霞，该咋地还咋地，她还小，不懂事哩。你还要和她搞好团结，听见了吗？”

山红悻悻地说：“听见了。我想和人家团结，人家不和我团结哩。”

爷爷笑了：“迟早会团结呢。”

然而，瑞霞似乎永远也不准备和山红“团结”了，尽管山红借各种机会向她示好，发作业本时冲她点头微笑，搞卫生值日时主动帮她干活，几乎都有点献媚了，但瑞霞好像突然变成了电视里的公主，连正眼都不瞧山红一下。而且，她还用巧克力、棒棒糖、可乐等小恩小惠，拉拢了五六个“死党”，专门与山红对着干。山红提议下课跳皮筋，瑞霞却带领她的一帮人要玩捉迷藏，山红组织同学搞小合唱，瑞霞那几个人故意唱得南腔北调。山红一生气，竟忘了爷爷叮嘱的要“大度”，要有容人的肚量，一冲动便伸出手去抡了瑞霞一拳头。瑞霞好像早就等着这一拳头，像山羊打架，把头一低，就冲山红撞去。山红猝不及防，当即仰面倒地。还是虎虎眼疾手快，抓起一块土坷垯朝瑞霞砸去，瑞霞“哇”的一声，就号叫着找老师告状去了。

自然，不出所有人预料，山红受到了老师的严厉批评，并被迫向瑞霞道了歉。山红就此情绪一落千丈，班务活动也比之前懈怠了许多。终于，她想到了辞职。

当她正在琢磨如何向原老师、赵老师陈述自己辞职的理由时，突然有一天，瑞霞的爸爸来学校视察了。如果山红没记错，这还是第一次在学校看到这个村里唯一一个腆着大肚子的男人。瑞霞的爸爸是这个荒僻山村里第一个富起来的“万元户”“十万元户”……他很聪明也很能干，开了苍源第一家也是唯一一家小卖铺，也开了第一家也是唯一一家电磨坊。虽然他是全村最矮的一个男人，和瑞霞一样胖乎乎的，可他却留着村里男人最长最时髦的发型。那天，他是倒背着手，由两个身高都约有一米八的男人陪着，一起到学校视察的。他们的到来像引发了五六级地震，整个校园都摇晃起来，他们三个人几乎同时在叫喊：

“老师呢，做甚去啦？”

“哎，老师出来一下。”

“咋，连个人也看不见。”

当时，原老师正在给四年级上课，其余年级的学生在自习。还是坐在后排的山红先发现了来人，报告给原老师的。原老师透过窗户看到了那几个人，便皱皱眉头，给同学们布置了作业，让山红监督着，就出去了。有男生站起来，向窗外张望，说了一声“是瑞霞她爸”，同学们便吵嚷了起来，山红猛的一声断喝，才让纷乱的教室恢复了平静。山红跑上讲台，抓起老师的教鞭，怒目巡视，同学们这才装模作样地写起了作业，只有瑞霞不理睬她，兴奋地东张西望。山红就把教鞭抵在她的桌上，瑞霞只得悻悻地打开了作业本。

山红耳尖，断断续续听见了教室外边高一声低一声的喧哗。高声的是村主任和他的两个助手，低声的是原老师和刚从厕所跑出来的赵老师。

只听高声的人说："你们学校咋搞的嘛，破破烂烂，也不知道收拾收拾？"

低声的人说："学校没钱呀，给乡联校申请了几次，也要不下钱。"

高声的人说："学校要自力更生，搞点勤工俭学嘛，组织学生把院墙重砌一下，要不哪个娃淘气掉下去，可不得了的。"

低声的人说："娃们都小，也不敢让他们做垒墙砌院这活儿哩。姚主任，咱这教室，可是六七百年的旧庙了，一刮风下雨，娃们都没法上课。你看，村委会能不能筹点钱，给维修一下，上学的娃，可都是咱村的孩子哩。"

高声的人这下不耐烦了："你们就知道要钱，咱这穷村，哪来的钱，你还是给县教育局打报告吧。"

低声的人仍在叫苦："自从我调到苍源来就打上报告了，没回音哩，我也没得办法，看着娃们下雨下雪天冻得发抖，我心疼哩。上级不是一再说，再苦不能苦孩子嘛。"

高声的人就"哼"了一声："我们村委会研究研究再说。修一下这庙，没个几十万下不来。"

低声的人说："用不了那么多，我看三五万就差不多。"

"哼，你们搞教育行，搞建筑就外行了。你们不知道，我这还是往少里说呢，要我预算，咋也得二三百万。这么多钱，我从哪里给你们弄去！”

低声的人只有长叹一声。

这回就听见是瑞霞她爸的声音了：“我听说，你们这班干部，几年都是一个人，这不符合中央精神哩，搞终身制，这不对呀。要打破终身制，搞竞争嘛，谁有能力谁上嘛。你说，对不对？”

赵老师的声音：“你说得对，姚主任，我们也想这么搞，激发全体学生的积极性。”

瑞霞她爸就“呵呵”笑了：“嫂子，你这思想能跟上形势，好！”

然后，就像刮过一阵台风，那三个人呼啸而去，校园又恢复了往日的平静。

接着，下课时间也到了，学生们蜂拥而出，他们想看那三个人，想看还留下什么热闹的痕迹，但校园里除了扔下的十几个烟头，已空无一人。

山红是最后出来的，她先收作业本，收齐后又按年级归类，再送交老师批改。她走到老师办公室，刚要喊“报告”，就听见赵老师对原老师说：“要不，咱们就选姚瑞霞当班长吧。”

原老师当即高声说：“为啥？”

山红知道要说到自己了，转身想走开，但好奇心驱使着她，还是悄悄躲在门后继续听了下去。

只听赵老师又说：“你真没听出来呀，姚主任的意思分明是想让他闺女当班长嘛。”

原老师说：“我怎么听不出来，可他女儿实在不行呀，学习差不说，自己都管不好自己，还怎么去管别人！”

赵老师说：“哎呀，你还看不出来，咱们不选他娃当班长，教室就修不起来！”

原老师叹了口气，接着说：“你以为选他娃当班长，他就给咱修教室了？他这个人呀，我晓得，村里人说他啥，我也知道，你就别指望他了。”

赵老师也长叹一声，说：“我就是这村里的媳妇，我咋不知道，我是怕他日后给咱穿小鞋哩。你不定什么时候就调走了，我婆家可在这里呢。”

“没事的，咱不做亏心事，怕他干啥。”

山红心里顿时一阵纠结，进去，这时进不得，离开，又不知该去哪里。想了一会儿，她还是退回教室待了一会儿，直到纷乱的心逐渐平复下来，才又捧起作业本去了老师办公室。赵老师已出去了，只剩下原老师边抽烟边备课。看见她进来，原老师扫了她一眼，淡淡地说了一声“放下吧”就又埋头写起教案来。

山红没走，她捂着胸口，轻声道：“原老师，我、我有个事要、要和您说。”

原老师这才抬起头，诧异地说：“哦，有事你说！”

山红的脸憋得通红，心脏也似乎停止了跳动，她吭哧了一会儿，才沉重地说道：“原老师，我不想当班长了。”

“为什么？”原老师瞪大了眼睛。

“我、我干不了，好几个同学不听我的话，我、我不想当了。”

原老师突然笑了，口气温和了起来：“你是不是听到什么了，嘿，你这娃，好好干你的吧，大胆工作，有啥事，我和赵老师给你做主，去吧去吧，别磨叽了，我还得备课哩。”

山红还想再说几句，原老师已挥手让她走：“去吧去吧，学生们出了问题，我还是拿你是问！”

山红这才向原老师鞠了一躬，从办公室退了出来。

艰难的选择

与翠翠关系的破裂发生在这年的冬季。快放寒假了，雪都下了两场，山上山下的许多地方都被雪覆盖着。教室顶棚的缝隙还在滴水，经常滴在山红的头顶，凉丝丝的让她不时哆嗦一下。虽然教室里也很冷，下课时，同学们也不再出去疯跑了，改成在教室里“甩元宝”“猜蛋蛋”，所以，山红几乎无法安心写作业，只好把虎虎拽过来，盯着他算算术。虎虎已正式成为班里的一年级学生，可他的算术不好，刚才上课，赵老师还特意点了他的名。虎虎急着想玩，仍没算对，山红一看就恼了，在他大腿掐了一把，虎虎疼得龇牙咧嘴，但还是硬着头皮数着自己的手指头。

正在这时，翠翠一脸严肃地走了过来，表情忧郁地对山红说：“你和我出去，我跟你说个事！”

山红正烦着，就说：“啥事呀，就在这儿说呗。”

翠翠庄重地说：“不行，在这里不能说。”

“啥大不了的事呀，这儿都不能说了。”山红不以为然，但她还是跟着翠翠出了教室。外面风大，刚出教室门寒气就扑面而来，“说吧，翠翠。”

翠翠不说话，却依旧向外走，一直来到校园外面，翠翠才停下脚步，眼泪忽然就流了出来，嘴唇艰难地蠕动了好久，才像倒吸了口冷气，声音低低地说：“山红，明日我就不来上学了。”

山红立刻惊得张大了嘴，使劲推她一把：“咋地了，你咋地了？你咋就不来上学了呢？”

“我后妈又打我了，你看，你看！”说着，翠翠就撸起袖子，翻起上衣，扯起裤角，让山红看她的伤疤。山红又惊得瞪大了两眼。果然，翠翠的胳膊上、肚皮上、脊背上、腿脚上都是暗红的伤痕，真可以说是伤痕累累，千疮百孔。

山红怒了，骂了一句：“她为啥打你，为啥打你，这个牲口！”

翠翠两眼含泪，说：“能为啥，她觉得我干活干得不够，没照顾好她生的娃。”

“你给你爸打电话，让他回来！”

翠翠她爸外出打工三年多了，山红也知道他很少回来。

翠翠悲伤地摇摇头：“说了也不会回来。就是回来，他也是向着后妈说话。”

山红知道，翠翠她爸是村里有名的“妻管严”，怕老婆，她也不由得像大人似的叹口气：“哎，那可咋办哩。要不，我告诉原老师，让他去教训一通你后妈。”

翠翠着急了，用双手推搡她：“千万别，千万不敢，要不，后妈更要欺负死我了。”顿了顿，这才声色严肃地说：“我准备找我亲妈去。”

山红惊呼道：“不是你姥姥家都不知道你亲妈在哪儿吗？”

“有人说，我亲妈在河南。”

山红狠狠推她一把，说：“你个傻妞，河南大得很，老师上地理课你没听见，河南人口都比好多国家多，人海茫茫哩，你咋就能找得见她哩，怕是找不见她，你也丢了呢。”

翠翠抹了一把眼睛，说：“那我也要去找，老师不是说过嘛，世上无难事，只要肯登攀，我就不相信找不见我亲妈。”

“找不见咋办？”

“找不见我也不回来了。我就是在外面讨吃要饭也不回来了。”翠翠目光霎时变得无比坚定，两条弯弯的柳叶眉也一时变直了。

“你又没钱买饭住店，咋找？”

翠翠用力握紧拳头，说：“我去打工挣钱，留蛋他姐就在城里给饭店刷锅洗盘子，不是照样活得很好。我也能刷锅洗碗呀。”

山红还是摇头：“不行不行，你才十二岁，弄不好就丢了，甚至会被坏人拐跑了。不行，你不能走！”

翠翠去意已决，坚定地说：“你别劝我，这回我是走定了。你是我最好最好的朋友，所以，我告你一声。你可千万千万别对任何人说。我要是找见我妈了，我给你写信，到时你到我们那里去玩。”说着，翠翠像大人一样，拥抱了一下山红。

山红心里却依然不能接受这个事情，而且内心立刻充满了悲伤，就好像这个一起玩大的好朋友已经失踪了似的，她的泪水流淌到了嘴角，她说：“翠翠，你还是别走了，要不，我回去和我爷爷说一声，你到我家生活吧。我爸每月给我们寄钱，能养活起咱们。”

“不！”翠翠两眼放光，仿佛已看到她亲生母亲的身影，“我肯定能找到我亲妈。对了，我再告你一次，你千万千万别对任何人说我走的事。就是我走了，你也别说我去了哪里，你听见了吧？”

山红只好含着泪，点点头答应了。

这时，上课铃声响了，她俩急匆匆赶回教室。这节课讲的什么，山红一句也没听进去，她木偶似的盯着前两排坐着的翠翠的背影。显然，翠翠也没听赵老师的讲课，一直趴在桌上作睡觉状。山红心里一直波浪滚滚，起伏跌宕。一会儿一个幻觉，一会儿一个噩梦，她内心纠结得几乎要碎了。终于，她像决定了什么，一下课，扫了一眼翠翠的背影，就毅然决然地去了老师的办公室。

山红一进办公室，泪水就控制不住地流了出来，她声音发颤地喊了一句“原老师，赵老师”，就哽咽起来。原老师和赵老师都吓坏了，连声问：“怎么了，应山红，出什么事了？”

山红知道自己太失态了，赶忙擦掉眼泪，把应小翠要离家出走的事报告给了两位老师。两位老师也惊呆了，愣在那里好久说不出话来。原老师一连咳嗽了两三分钟，这才颤颤地问：“山红呀，你说的可、可是真的？”

“真的，是她亲口对我说的。”

赵老师又满腹疑虑地追问一句：“她是不是和你说着玩呢？”

山红肯定地说：“不是，她真的明天就要离家出走。”

两位老师再次惊得跌坐在办公椅上。好一会儿，原老师才缓过神来，他冲山红摆摆手，有气无力地说："去，你去把她、把她，给我叫过来，快、快去！"

山红急忙出去，走到教室门口，她才发现，这次叫翠翠，真是一次心灵的撕扯呀。翠翠反复交代她别说出去，但短短一个小时，自己就言而无信地说出去了，而且报告给了老师，自己这张脸真该让她狠狠地扇几巴掌呀。现在，尽管没人扇，但她的脸已火辣辣地烧着，火辣辣地疼着。她在门口彷徨了一会儿，还是鼓起勇气朝翠翠走去。

翠翠还在课桌上趴着，山红像怕被火烧着一样，触碰了她一下："翠翠，老师叫你去办公室。"翠翠像从睡梦中惊醒，一下跳了起来，问："干什么，你说啥？"

山红心虚地重复了一遍："老师，老师让、让你去办公室。"

翠翠疑惑地看她一眼，然后就恨恨地推了她一把，凶恶地说："你，你是不是告了老师，你真是个无耻的叛徒！"然后，她就像她们看过的电影里准备英勇就义的女烈士一样，把头发一甩，大踏步朝办公室走去。而跟在身后的山红，这时也真像出卖了同志的叛徒，灰溜溜地抬不起头，直不起腰。她想，她真是个朋友的叛徒啊。不过，等她随着翠翠走进办公室后，她的心突然镇定了下来，她不是叛徒，她是真为朋友好的，她不忍心和自已一样年龄的翠翠去冒那么大的风险。

不料，翠翠对她准备离家出走的事拒不承认，昂着头，一副任你刀劈斧砍，也决不低头的烈士模样，原老师着急地围着她转来转去，赵老师也气得直喘气，只好手指着山红责问她：“应山红说，是你亲口对她说的，你还想抵赖！”

翠翠满脸不屑地瞪一眼山红：“我没和这个人说，我早就不想理这个人了！”

山红羞得真想找条地缝钻进去，还是原老师为山红解了围，说：“应山红是为你好，明白吗？她怕你被人贩子拐卖了。”

翠翠却脖子一梗，说：“我都十二了，人贩子拐不了我！”

原老师气得咳嗽起来，几次点烟，打火机都对不准烟头，他只好把山红叫出办公室，让山红马上通知翠翠的后妈来学校，又让姚瑞霞喊她的爸爸来，再通知乡派出所的民警。他嘴里一直嘟嘟囔囔地说，这事情可真不小，哎，这事情真不得了呢。

山红当即向翠翠家跑去，翠翠家离学校远，在另一个山头。山红心急火燎，一路快跑着，等跑到翠翠家时，她已快喘不上气来，心似乎也快跳出来了，只好蹲在地上歇息了片刻。可是，等她大喘着气把这件事告诉翠翠她后妈的时候，翠翠的后妈却不以为然地说："我可没那闲工夫去啥学校，你告诉老师，让她回来，看我咋收拾她，反了她了。"

山红不禁对面前这个女人心生厌恶，甚至和翠翠一样，对她心生仇视。山红只得再次向她传达了两位老师的严重关切，翠翠的后妈这才骂骂咧咧地安顿好家里三岁的小孩，很不情愿地随山红下山去学校。但是，她一路走一路骂，说翠翠不仅又懒又馋，还虐待同父异母的弟弟，还用针扎小人的办法诅咒她，该千刀万剐。山红觉得这都不是她目睹的事实，便听不下去，据理力争，一条一条地反驳她的说法。翠翠的后妈火了，指着山红的额头恨恨地说："我不和你说了，我知道你和我家那臭女子穿一条裤子！"

等山红她们赶到学校的时候，翠翠正号啕大哭地给瑞霞她爸几个村干部展示她的伤痕，所以，翠翠她后妈一进老师办公室，便灰头土脸地低下了头，再没一路上那骄横的样子。瑞霞她爸用手指着她的鼻子，厉声斥责道："刘全爱，你知道不知道，你犯法了，我们已经通知乡派出所了，你就等着坐大牢吧！"

翠翠的后妈立刻吓得瘫软了，站也站不稳，后来索性一屁股坐在地上，拍着大腿大哭起来："主任啊，老师啊，我冤枉呀，我一直待她像亲闺女哩，是她每天和我对着干呢，她又懒又刁，每天什么都不干，还开口骂我，我活不了呀！”

瑞霞她爸却不买她的账，猛拍着桌子，吼道：“刘全爱，你给我站起来，村里谁不知道你虐待翠翠！”

翠翠的后妈被这气势镇住了，吓得止住了哭声，哆哆嗦嗦要站起来，却不知是故意还是恐惧，又一屁股栽到了地上。赵老师伸手去拖她，被瑞霞她爸喝住，“让她自己起来，以后再敢虐待小孩，看村委会咋收拾你。”

山红看见她打摆子似的哆嗦，这个后嫁来苍源村的精瘦女人，别看长得很丑，却是苍源村有名的厉害女人，翠翠她爸一直拿她没办法，只能眼看着她对自己的亲闺女又打又骂。

正当原老师和赵老师给她大讲要正确对待青春期的子女、善待孩子的时候，门外响起摩托车声，随后，两个公安干警走了进来，瑞霞她爸马上站起来迎接，大声道：“你们带手铐了没有，先把这虐待儿童的家伙铐上两个小时。”

胖胖的民警立即从挎包里掏出了手铐，但他没听瑞霞她爸的指示，而是“咣啷”一声把手铐砸在原老师的办公桌上，说：“谁，谁虐待娃哩嘛，你呀，你是不是不懂法？”

翠翠后妈早已如筛糠一般，哆嗦不停，此时，她已彻底被吓破了胆，当即“扑通”跪下，哭喊着：“饶了我吧，你们就饶了我吧，我真是不懂法，我再也不敢了。以后再打她，我就不是人，天打五雷轰！”

瑞霞她爸厌恶地说：“起来吧，今天就看在你家应大保的面子上，饶了你这一回，不过，你得给我们写一份保证书，如果翠翠跑了，我立刻让乡派出所把你逮捕！”

翠翠她后妈站起来后，偷瞄了公安干警一眼，低声道：“我不打她了还不行吗，我不识字，不会写保证书。”

“胡说八道！”瑞霞她爸厉声呵斥，“你哄谁呀，我早调查过了，你上过初中，骗谁呢！”

翠翠后妈再也无法抵赖，只好颤颤巍巍走到原老师办公桌前，抓起赵老师扔过来的钢笔，但她才刚写了两个字，就像受了天大的委屈，“呜呜”地哭了起来，边哭边写。

然而，并没有人同情她。当大家以为这一事件圆满地画上了一个句号，原老师和赵老师也都愁眉叙展的时候，让一屋的人都大跌眼镜的是，翠翠她后妈要拉翠翠回家，翠翠突然又尖声叫喊起来：“我不回去，打死我也不回家！”她又挥胳膊又踢腿，奋力抗拒着她后妈的扯拽。

翠翠她后妈这时立起了腰，摊开双手，对公安干警和瑞霞她爸说：“你们都看见了吧，不是我不要她，是这女子不愿回家。”

瑞霞她爸鄙夷地看着她，说：“哼，还不是你平日把娃打怕了。”他扭头对仍在哭哭啼啼的翠翠说：“闺女，你跟上她回吧。她要再打你，你就告我，我给你做主，苍源村委会给你做主，还有这些公安叔叔给你做主。”

公安干警响应似的，抓起桌上的手铐又重重拍在桌上：“对，国家法律给你做主。”

翠翠后妈顿时又吓得一哆嗦，小眼睛又瞪大了。翠翠却依然抽抽搭搭地说：“我要去找我亲妈！”

公安干警叹口气道：“你这傻孩子，我们找了几年都没找到，你能找到？你妈失踪那年，你爸就报案了，这都多少年了。”

翠翠却不死心，说：“我一定能找到！”

瑞霞她爸急了，拍了下桌子，说：“找啥找啥，你妈说不定早死了呢。”他或许是随口一说，想让翠翠死了出走的心，而翠翠却想到有可能她妈真的已经死了，于是又一通号啕大哭。赵老师赶忙又将她搂在怀里，安抚了好一会儿，她才停止了哭泣。

原老师也觉得瑞霞她爸说得过了，赶忙安慰她说：“你妈也可能还活着，等你长大了再去找也不迟呢。”

瑞霞她爸此时已显示出烦躁的神色，他又教训了呆立在门口的翠翠后妈几句，最后，他严肃地对原老师说：

“娃在家里跑了，刘全爱负全责。娃在学校跑了，学校负全责！”然后，有力地一挥手，和公安干警一起走了。

原老师无奈地看看愁眉不展毫无主意的赵老师，又看看一脸惊恐的山红，长长地叹了口气，缓了缓，才有气无力地问了翠翠一句：“应小翠，你还要去、去找你亲妈吗？”

不料，翠翠这时突然爽快地回答道：“不去了。”

屋里沉闷压抑的气氛突然轻松了，赵老师喜形于色，她又一把抱住翠翠，说：“好闺女，你真是个懂事的好闺女！”她后妈也激动地快步走了过去，要拉她的手，虽然遭到了拒绝，被翠翠推开了，脸上还是漾出了笑意，说：“你可千万别跑了，你弟弟才三岁，我蹲了大狱，他可咋活呀。”

这时天已经黑了，虽然学校早已通了电，但电压不稳，灯泡时亮时灭。原老师就让山红和翠翠后妈领翠翠回家。翠翠却甩开山红伸过来的手，恨恨地说：“不用她们领，我自己能回去！”然后，一个人大步冲了出去。

原老师苦笑地摇摇头，但还是神色严肃地对一旁尴尬站立的山红说：“应山红，从明天起，你带几个同学，对她全天监控，这娃，性子倔着呢。”

山红一时满腹苦涩，有口难言，嘴唇嗫嚅了几下，但还是硬着头皮答应了下来。

忍辱负重的友情

没有比遭受别人的鄙夷更使人痛苦了。

如果是因为吵嘴，或者打架，受到对方的鄙视和仇视，大概人们还会坦然地接受，如果是因为珍惜和帮助对方而受到对方的嫌弃，那就让人难以接受了。

山红心中也颇为不平，所以，当晚她一回到家就冲爷爷发了脾气。尽管早已饥肠辘辘，但她一点儿也没有食欲，只是躲在自己窑里，想梳理一下杂乱的心情。爷爷却一再催她吃饭，她火了，冲爷爷喊叫起来："叫什么，叫什么，我又不是聋子，我就是不想吃！"

爷爷一时僵在那里，一脸的尴尬，山红很少冲她这么咆哮。“山红，你咋这么大火，爷爷可没惹你呀。”

“就惹了，您就惹我了。”

爷爷瞪她一眼，把门一磕，走了出去。

山红这才意识到，自己刚才太过分了。她想追出去向爷爷道歉，但又有些难为情，便趴在炕头。直到虎虎进来拉扯她的脚，她才坐起来。

虎虎眨巴着眼，笑道：“爷爷说，让我再请你一次，再不去就把饭喂了猪。”

山红这才笑了，拉着虎虎出来，对爷爷憨憨地笑了一笑。爷爷指指灶台上热的粥和馒头，说：“快吃吧，小小年纪，和爷爷闹啥情绪呢。”

山红又苦起了脸，说：“爷，我不是和您闹情绪，我是和翠翠闹情绪。我怕她丢了，她竟然说我是叛徒，而且，原老师还安排我天天看管她，真是愁死我了。”

爷爷听了原委哈哈笑了起来，说：“山红，你这个叛徒当得对，当得好哩。”

山红刚笑了一下，又皱起了眉，说：“好啥好，您没看见翠翠用啥眼神看我，真像用锥子扎我哩。”

爷爷给她把粥舀好，说：“山红，你这叫啥，叫忍辱负重。”

山红饿慌了，连住喝了几口，几乎被呛着，她平息了一会儿，这才说：“爷爷，啥叫忍辱负重？”

“就是为了重大的任务，忍受屈辱。《三国演义》里有个故事，东吴有个将军，为了打败敌军，使了苦肉计，硬是让自己人打了个皮开肉绽。”

山红“哦”一声，然后点点头，说：“我明白了。为了翠翠，我就牺牲我的自尊心吧。”说完，便大口大口啃起馒头。

爷爷笑眯眯地看着她，说：“这就对了。人啊，这一辈子不知道要忍多少辱哩。你还小，大了就知道了。”

山红一边用力咽馒头，一边笑着嘟囔：“不用大了，我现在就忍了好多辱呢。”

爷孙俩一起笑了起来。虎虎也跟着笑了起来。

尽管昨晚受到爷爷的开解，山红已有了足够的心理准备，可当第二天接翠翠的时候，还是让她感受到了巨大的羞辱。

当时已有两个同学静候在翠翠家院门口，但他们都缩头缩脑，不敢喊翠翠出来，山红只好硬着头皮冲院里喊：“应小翠，上学了。”

无人应答，她只得再次拍门，再次喊叫翠翠的名字。好一会儿，里面才响起脚步声，然后是开门声，翠翠冲了出来，一看见山红便厉声道：“喊什么喊，你这个叛徒！”

山红顿时傻掉了，紧接着，一阵热血涌了上来，一股怒火烧了起来，山红很想举起拳头，但她猛然想起爷爷昨晚给她讲的“忍辱负重”，用力将那股气压了下去。但那两个男生听见了，全冲山红做鬼脸，眨巴眼问：“她说你是叛徒，你咋成了叛徒？”

山红有气没处出，便怒吼一句：“一边去，你们盯紧她，她跑了，我罚你们打扫三天教室！”

这两个男生最怕被罚做值日，立刻飞跑起来，撵上翠翠，一左一右“看押”着。翠翠不理他俩，一猫腰，又飞跑起来，这个从小被人称为“野丫头”的翠翠，跑步速度一点也不亚于男生，直追得俩男生和山红腿肚抽筋，精疲力竭，几乎要趴倒在陡峭的山坡上。

翠翠似乎故意和山红做对，放学的时候，先是磨磨叽叽在教室里写来画去，仿佛不准备回家的样子，可是，眨眼间，趁山红不注意，她突然抓起书包就往外冲，山红只得向同学们大叫一声，紧跟着她沿山坡狂追。翠翠一边跑还一边挑战似的喊：“你们追不上，你们追不上，我要去河南了。”

更为恶劣的是，有一天放学路上，翠翠突然抓起土块儿和石子儿，居高临下地冲他们砸了下来。或许是翠翠不敢真砸，尽管土石从他们头顶倾泻而下，他们并未受伤，但这种“好心当成了驴肝肺”的护送，还是引发了同学们的愤怒，一个男生抓起一块石头，气愤地对山红说："班长，你下令吧，让我砸一下她！"

山红也真想砸翠翠一个头破血流，但她还是伸手打掉了男生手中的石块儿，说："不行，咱们的任务是保护她哩。"

"她不知好歹！"

"她还说全班同学都是她的跟屁虫！"

一个同学还引用了一个刚学会的成语："'是可忍，孰不可忍'，我们再也忍不下去了。"

山红冲他们苦笑着说："翠翠命苦哩，她要跑了，肯定要丢了呢。我们就让着她点吧。"

同学们都非常沮丧和无奈，只好陪着山红，每天与翠翠做着这周而复始的"猫捉老鼠"游戏。

山红想和翠翠结束这一场没完没了的"老鼠戏猫"似的游戏。终于，在近两个多月以后的一天，她发现翠翠情绪很好，和"押解"她的同学们有说有笑，甚至主动掏出书包里的小吃食和同学们交换，一把葵花籽，还有十几颗山杏。翠翠轮流发着，转到山红面前的时候，虽然仍没有正眼瞧她，可还是把一颗山杏扔在她怀里。山红没接住，因为她压根没想到翠翠会主动示好，山杏便掉在了地上，还没等她弯腰，翠翠已从地上捡了起来，再次抛在她怀里。这次，山红接着了，但她把山杏递给了身边的虎虎。虎虎机灵，便说："谢谢翠翠姐！"

翠翠咧嘴笑了。这是个好兆头，也是个好机会，山红皱皱眉，硬着头皮对她说："应小翠，你后妈最近还打你不？"

翠翠当即不无得意地撇嘴道："她敢打吗，再打，我就让她蹲大牢去。"

同学们就"哄"的一声大笑起来，说："对，她再打你，我们一块儿把她扭到派出所去。"

山红趁势又问："那你还去河南吗？"

翠翠这时的脸阴沉下来，转身往坡上走，一边落寞和伤感地说："不去了，谁知道我妈在哪一国呢。"

有同学就说："是，你妈说不定跑到山东广西了呢。"

翠翠却又翻了脸，返身捶他一拳："你妈才在山东广西呢。"

同学们又是一阵大笑，翠翠也笑了，山红也笑了，就追她一步，咬牙切齿道："应小翠，你要是再走，我、我就一万年不理你，一百万年也不理你了。你听见了吗？"

有个女同学也高声道："对，你要敢走，我们都一百万年不理你，也不和你说话！"

翠翠扭过脸来，可怜巴巴地看看她，又看看山红，默默地低下了头，悄声向山坡上爬去。

山红追着她，果断地伸过手去，又像过去一样，狠狠地搂住她的脖子。翠翠没抗拒，也没挣扎，任由山红搂住她。山红眼一瞥，发现她哭了，自己一激动，眼泪也流了出来。她们从小就是好朋友，好闺蜜，又是多少年同病相怜的苦孩子，怎么能一下子就丢掉这美好的友情呢。

临进校门的时候，翠翠低声喃喃着对山红说：“明天起，你们别再来接我了，我真不跑了。”

山红立刻兴奋了，说：“真的呀，你敢和我拉钩吗？”

翠翠马上把手指伸过来，与山红的手指绞在一起，俩人异口同声说道：“拉钩上吊，一百年不许变！”

书中人跌宕的命运

升入五年级后不久，接连发生了两件让山红无比震撼的事情。

第一件事，是瑞霞她爸突然被两辆车身上喷着“检察”的白色汽车给带走了。正是学校放学的时候，山红和同学们都远远看到了。她们学校与瑞霞家隔着一道沟，沟不宽，能清晰地看到那个平日在村子里巡视的矮个子男人，灰头土脸地被两个人左右夹着，离开他那幢装修得很豪华的大院子。有同学就在放学的队伍中寻找瑞霞，瑞霞走在最后面，正和一个女同学边走边唱歌，留蛋就故意对她喊：“嘿，姚瑞霞，你爸坐公安的车走了。”

瑞霞停止唱歌，但她只看到父亲的背影，没见着父亲的状态，就一脸不屑地冲留蛋厉声说：“你喊什么，我爸经常坐公安的车哩，你个土老帽。”

留蛋就对她做鬼脸，故意大声喊：“你爸今天坐车可就回不来了，他戴上铁铐铐了。”

瑞霞顿时大怒，她回口骂道：“胡说甚哩，你爸才戴铁铐铐呢。”

留蛋笑道：“我家人倒是想戴铁铐铐哩，可人家不来我家呢。”他对旁观的几个同学又说：“你们说，刚才你们也看见了吧，她爸是戴着铁铐铐吧？”

有人就附和说：“是哩是哩，我们都看见了。”

顿时，瑞霞脸色大变，号啕大哭起来，一边号哭一边疯了一般往家跑去。由于她一年多来，仗着父亲是村主任，对同学们颐指气使，得罪了很多人，大伙并不同情她，在她身后一片叽叽喳喳。

瑞霞跑得踉踉跄跄，跑过山红身边时几乎摔倒，山红诧异地看着她哆哆嗦嗦的身影，想喊她一句，想了想，又忍住了。自从去年发生那次争吵后，她们的关系早已降到冰点，即使班务工作牵涉到瑞霞，瑞霞也对她爱答不理，有时甚至是充满了挑战，恶意搅局。

山红有时也想反击，但一想到自己的班长身份，还是忍了下来。现在，她亲眼看见瑞霞爸被带走，又看到瑞霞气急败坏的狼狈模样，自然，心中也有一丝快意。

载着瑞霞爸的车，在山坡上摇摇晃晃地向顶峰盘旋而去。同学们都好奇地睁大眼睛，尾随着汽车，不时发出莫名其妙的惊呼。但山红的心很快从震惊的兴奋中，逐渐变得沉重起来。这个爆发式的事件，震到她了。这是她有生以来，第一次意识清楚地经历一个人被警察带走，第一次目睹与她同年龄的人，从公主般的骄傲，瞬时跌入尘埃。这样的故事，她从有限的书本中看到过，也曾为书中人起伏跌宕的命运激动过，甚至掉过泪，但此刻活生生的景象，还是让她久久不能平静。倒是尾随她的虎虎对此不明就里，他使劲扯动着姐姐的衣角，稚气地问这问那，继而幸灾乐祸地说："姐姐，瑞霞她再不敢牛了，也再不敢骂咱俩了吧？"

山红一时苦笑起来，对他沉甸甸地摇摇头，说："瑞霞她现在心里一定不好受哩。"

直到回到家，山红仍惊魂未定，她家院子门口也围着许多人，也都在议论瑞霞她爸，她想听听人们怎么看这件事。但是爷爷在看到山红姐弟俩之后，立刻停止了议论，朝人们挥挥手，说："都回去做饭吧。"可是，伫立在寒风中的人们，仍不肯散开。爷爷就牵着虎虎的手进了院子，并让山红关上大门。

显然，这件事对爷爷触动也很大，他一直摇着头，唉声叹气。山红推了爷爷一把，说：“爷爷，为啥要抓瑞霞她爸呢？”

爷爷看了她一眼，说：“你小娃家家的，别问这事了。”

山红撒娇地说：“我就要问，我就要问，我们同学都吓坏了。”

爷爷长长地叹了一口气，说：“唉，多少年了，没在咱村抓人了。瑞霞她爸也真是……”

山红见爷爷吞吞吐吐，急了，就又推搡爷爷，说：“您快说，为啥呢？”

“能为啥，贪污呗，”爷爷终于开口道，“村里的一些人把他告了，说他贪污了扶贫款，贪污了修路钱，这个人哪，私心太重，贪心太重呢，当初，我为啥不选他当村主任，就是怕他有了权把持不住哩。”

山红怔在灶台旁，她还小，还不了解成人的世界，但眼下发生的一切，却让她第一次感觉到了成人世界的复杂。爷爷扫了她一眼，叮嘱似的说：“你出去别和同学们乱说，检察院刚调查，还不知啥结果哩。你们呀，好好学习，就行了。”

山红没说话，手在面盆里，心却像燕子一样，飞出去很远，直到听到爷爷重重地咳嗽了一声，才赶忙低头和起面来，边和边说：“爷爷，瑞霞她爸这样，就算蹲大牢了吧？”

“差不多吧。”爷爷摇着头，又连声叹气，发感慨道：“山红呀，做人得正派老实呀，不该拿的钱，绝对不能拿哪。拿了，迟早会被人发现的。别以为天不知，地不知，只要做了总会有人知道的。”

虎虎从作业本上抬起头来，傻乎乎地说：“爷爷，如果让我当村主任，我肯定不贪污。”

爷爷一怔，随后“哈哈”大笑起来，“你小子，你如果敢贪污，我就把你的手剁了！”

虎虎很害怕，憨乎乎地说：“那我不当村主任了。”

山红也忍不住“咯咯咯”笑了。

爷爷突然收住了笑容，对他俩严肃道：“你们俩长大了，可要走正道，做好人。我倒不盼着你俩当官，咱一辈子当个好人就行。你俩听见我说的话了吗？”

虎虎高声应答：“听见了！”

山红却只轻轻笑了笑。爷爷显然不满意她的回应，就又亮了嗓子问：“山红，你听清我刚才说什么了吗？”

山红说：“我早听清了。”

爷爷又说：“山红，我今天想多说几句，你爸你姑小的时候，我就告诉他们，要好好做人，现在看起来，他们做得还行。你们这一代呀，我还是不放心，现在社会变了，大人小孩只认钱了，不行呀，人怎么能只认钱呢，人得讲正道、走正道哩……”

山红不耐烦了，一边在案板上擀面，一边皱着鼻子，说："爷爷您别唠叨了，您这话我都听了几万遍了。"

爷爷不高兴了，说："咋，你倒听烦了？当年，我跟你爸说的时候，他都没敢说烦。我还是要说的，我得对你们负责任哩。"

山红冲虎虎做了个鬼脸，笑了，说："爷爷，您要实在想说，那就说吧。"

爷爷似乎在赌气，说："不说了！你们这些娃，吃了亏，才知道老人的一片苦心哪。你们知道不，早几年，我就说过瑞霞她爸，他不听哪，现在后悔了吧？可是后悔也晚了呀！"说完，又伤感地摇起白花花的头来。

看见爷爷真生气了，山红就走到正在切菜的爷爷身旁，用肩膀撞了爷爷一下："爷爷，我真听明白了。您放心，我长大一定会做个好人。"

爷爷这才满意地点点头，"嘿嘿"笑道："爷爷就爱听这话。"

虎虎也扬起头，大声说："爷爷，我长大也会做个好人，不是好人，我就不姓应！"

爷爷笑得都露出他的豁牙了，连声说道："好，好，爷爷没白疼你们。爷爷就是现在闭上眼睛死了，也放心了。"

山红白了爷爷一眼，她最烦爷爷说死，一说她就心拔凉拔凉的，“爷爷，您别再说死呀死的，我还没让您享过一天福呢。”

爷爷赶忙承认错误似的点点头：“不说了，爷爷不说那个字了。爷爷还没看见你们长大成人，怎么能死呢。”

山红冲爷爷挤挤眼。其实，虽然她手里一直做着活儿，心里却并不平静，脑海里一直浮现着瑞霞方才一路哭着跑的身影。尽管她俩曾心存芥蒂，至今关系都没有解冻，但她俩也曾是多年无话不说的“小闺蜜”呢。

第二天上学，她特意拐到瑞霞家门口，只见全村最豪华最显眼的钢铁大门紧闭着，院里那条有点声响就狂吠不止的大狗，也偃旗息鼓，没了动静。看了半天，山红也没看到瑞霞的身影。

在学校山红也没找到瑞霞，下课的时候，她悄悄问要去给二年级讲课的赵老师，赵老师叹了口气，说瑞霞病倒了。

第三天，瑞霞没有来。

第四天，瑞霞也没有来。但同学们下课以后，仍在以瑞霞她爸为“人物角色”，装腔作势地排练逮捕罪犯的戏。有人装扮成“瑞霞她爸”，有人装扮成公安检察人员，他们根本分不清公安和检察的区别，只图玩得高兴，一次次假模假式地把“瑞霞她爸”押着，在教室里走来走去，只为图个热闹。山红却想，瑞霞得亏是病了没来，要真来上学，怎么受得了这种刺激。想到这儿，山红便以维护教室秩序为名，喝令他们停止这种游戏。

第五天，山红终于沉不住气了，她对爷爷说：“瑞霞都好几天没上学了，她家的大门一直关着。”

爷爷正在热饭，他抬起头来问：“是吗？”

“是，赵老师说她请了病假。”

爷爷侧过头来看看山红，说：“我看她不是生病，是不好意思去学校见人。她爸呀，搞得娃也没脸了呢。”

“爷爷，我明天上学想去叫上她，她不会再不理我吧？”

爷爷立刻睁圆了眼睛，说：“好啊，山红，你做得对，瑞霞现在有了难处，活得不如人了，在这个时候，咱更应该主动关心她。你想得对着哩，明天你去喊她吧，我觉得她会理你的。”

第二天早晨，山红牵着虎虎的手去找瑞霞。瑞霞家依旧铁门紧闭，寂寥无声。山红想敲大门，可手刚一举起，呼吸就变得急促，竟有汗冒了出来。犹豫片刻，她还是用力拍起了大门。好一阵子，里面都没有动静，山红就让虎虎喊瑞霞的名字。就在姐弟俩失去信心，准备返身去学校的时候，大门打开了，站在门里面的不是瑞霞，而是瑞霞蓬头垢面的妈妈。瑞霞她妈一脸的惊恐，有几分紧张地望着山红姐弟，问：“你们、你们要作甚？”

山红忙说：“叫瑞霞一块儿上学呢。”

瑞霞妈赶忙把她姐弟让进院里，随即悲怆地长叹一声：“你们快去叫她吧，我是说不动她了，她是死也不上学去了，哎呀呀！”

山红让虎虎留在院里，自己随瑞霞妈进了窑里，窑里的窗帘仍没有拉开，黑漆漆的一片，还有一股浓浓的尿臊味，看来这家人方才还在睡着。山红记得，瑞霞家是全村最排场的人家，屋里不仅家具齐全，电器齐全，也是最洁净的。过去，瑞霞虽然常邀请她和翠翠来看她家的大彩电，但她都不敢坐一下大沙发，只敢坐小木凳，她家干净得那真叫一尘不染。可随着她妈把厚厚的窗帘拉开，此刻映入山红眼帘的，却是一副极为凌乱破败的样子。可能是好几天没收拾整理过，在外人看来，完全是准备搬迁前的混乱状态。

瑞霞还在被窝里躺着，头也埋在被子里，但山红还是从鼓鼓囊囊的被卷看出是瑞霞。她妈过去扯开她的被子：“还睡啥，快起快起，山红喊你去学校哩。”

瑞霞露了一下头，山红还没看见她的脸，她就又用被子蒙上了头，她在被窝里气急败坏地喊叫：“我不上学，我不是告你了吗，我这辈子再也不上学了。”

她妈只好哀求她：“起来吧，霞霞，你都几天没上学了，误下多少课了。”

瑞霞仍赖在被窝里，以更加气急败坏的口气说：“误去吧，反正我不准备上学了。”

她妈就用乞求的眼神看着山红，说：“闺女，你劝劝她吧，我是说不动她了。”

山红就去掀她的被子：“瑞霞，起来吧，在家躺着有啥意思。”

瑞霞的头露了出来，很快，她又扯被子蒙住了头：“别管我，你们谁也别理我！”

山红又伸手进她的被窝，试图拉她的手，她却抗拒着，后来干脆放声嚎了起来。山红安慰她说：“同学们都想你呢，都想和你玩哩。”

瑞霞仍哭哭啼啼，虽把头伸出来了，但两手死死抓着被角不放。她妈气馁了，对山红说：“闺女，你上学去吧，霞霞明日准去。”

山红心里叹口气，对伏卧着的瑞霞说：“明日我再来叫你，你可要早起哩。”

瑞霞这才扬起脸来，泪流满面地“嗯”了一声。

果然，第二天早晨，山红一推她家大门，门吱啦一声就开了，瑞霞已身背书包站在院里，她似乎已等了很久。见山红进来，她羞涩地一笑，山红伸过手去，她便拉住了，然后两个人又像从前一样，又搂又拥地向门外走去。瑞霞妈追了出来，给她们一人塞了一瓶健力宝，山红推拒着，瑞霞就扬手捶了她一下，山红便接在手里。

这是几天来，瑞霞第一次走出大门，她惶恐不安地左顾右盼，害怕和躲避着什么。山红仿佛知道她在想着什么，就大声地给她讲述最近几天学校里发生的趣事，瑞霞紧张的神情这才渐渐地放松下来。

然而，意想不到的事还是发生了，快到学校的时候，一个三年级的男生突然从她们背后冲了过来，喊了一句“贪污犯”，然后飞快地跑了。山红和瑞霞都猛然一怔，还是山红手快，抓起一块石头砸了过去，当然不会砸住，但山红的气势把那个男生吓住了，山红冲那男生喊道:“你要再喊，我就撕了你的嘴！”

那个男生吓得溜掉了。

进校门的时候，山红再一次拉起瑞霞的手，昂首挺胸走了进去。等全体同学到齐，老师没进教室之前，山红严肃地走上讲台，用老师的教鞭猛击了桌子几下，然后大声道：“瑞霞的病已经好了，来上学了，大家要尊重她，爱护她。她爸是她爸，她是她，谁再敢胡说八道，就罚他打扫厕所一个月。”

全体同学顿时噤声不语，沉默下来，再去看伏在课桌上的瑞霞，目光里便都有了一丝怜悯。

最后一课

这一年，发生的第二件大事，是原老师突然病了。

其实，不是突然，原老师一直处在“亚健康”的状态。他一直病恹恹的，全校的学生都知道，而且全村的人都知道。十几年来，原老师教过村里的每一个孩子，熟悉村里的每一个家庭。同样，每一个家庭，每一个孩子，也都像熟悉自己的家人一样，熟悉原老师，知道原老师身体不太好，而且抽烟多。他的生活也极其不规律，饭有时吃得准时，有时吃得不准时。赵老师是本村媳妇，家里有给她照顾孩子和做饭的公婆，回去能准点吃上热饭，喝上热汤。而原老师家在外地，他又是一个在生活上极其马虎的人。他批改作业有时要到很晚，或者给某个生病误课或成绩差的学生补课，也会到很晚。晚了，也就吃冷饭凑合一顿。长此以往，身体自然会吃不消。

原老师是个很严厉的老师，学生不完成作业，上课捣乱，打架，他会训斥得你眼泪鼻涕一齐流，三天都不敢抬头看他。但他也是个很慈善的老师，谁买不起文具，他会不作声地买了给你。他还养活过村里的一个孤儿，从小学一直到送他上了大专。

原老师的户籍不在本村，但他却是苍源村知名度最高的人。这个村所有文化方面的事，几乎都离不开原老师，不仅代写书信、写春联、写救济申请，他还是许多村民的“智囊”，是他们艰难生存中的导师。所以，村里人有什么事，首先想到的不是村主任，不是家族中的长辈，而是德高望重的原老师。原老师留给村民的印象，还是性情倔强的一个人。他从来不接受任何一个村民的邀请，去他们家里吃饭。即便乡亲们把吃食和蔬菜送到学校，他也会让学生们再送回去。他常常说，我是挣国家工资的人，你们一家一家都过得紧紧巴巴，我怎么能安心吃得下去。

与村民们十几年的相处，使原老师几乎没有了调往乡镇或城里的念头。许多年前，他是被处罚到全县最偏僻的苍源村的，为了工作上的事，他和原教育局长争吵了一次。当教育局长调往他县前，想让原老师向他道歉便可让他归城，原老师断然拒绝了。连赵老师都十分替他惋惜，他却固执地坚持自己的做法。“实践证明，是那个教育局长错了。应该是他向我道歉。”教育局长当然不会向他道歉。于是，他便继续留在了这个大山沟里。

他似乎从不懊悔，依旧半个月回一次家，取一些面和菜，在村里过着近乎“苦行僧”的生活。如果说，原老师还有些雅兴，那就是他一直在研究和探索着这个古老村落的来龙去脉。这十几年来，他走遍了苍源村方圆几十里的每一座山峰，每一道山沟，有许多使他激动和兴奋的发现，尽管后来他书写的报告，在乡里、县里，包括在村里都受到冷遇，他仍锲而不舍地在业余时间，继续着他的探索。他曾在离苍源村十五里的山腰处，发现过古陶片。他还在北山沟发现过深不见底的大溶洞，他曾领着三个男生深入过一百多米，都未有穷尽。原老师还喜欢研究村史，他欣喜地发现，苍源村的应氏先祖曾在隋唐时代，出过一个著名的清官，至今，在两千里以外的清运县城，还矗立着纪念这位应氏先祖的“应公塔”。每每有了新的发现，原老师都会全部讲给他的学生听。别的同学听进去了多少，山红不知道，但是她每一次听过后都会激动和兴奋几天，还会回去讲给爷爷听。她也会告诉爷爷，原老师既为他的发现兴奋得难以抑制，也会为自己没有知音，这些发现得不到重视而倍感沮丧。

山红的爷爷比村民们更敬重原老师，他理解原老师，也理解村里的人，他对山红说；“咱们村这么穷，人们的日子都过得很难，谁会对那些古老的事感兴趣呢。”

山红还是不解，说：“原老师说，我们苍源村可能二十万年前就有古人类生活在这里了。这实在太不可想象了，人们怎么能无动于衷呢。”

爷爷苦笑道：“人们都在想明天怎么生活，怎么致富，哪会想那些事呢。你们原老师是个有心人呢，他在苍源的教龄，比你们的年龄都要长，他比你我还要热爱这里。”

可是，热爱苍源的原老师却可能要离开这里了。山红一听到这个消息，就怔在那里，心痛了好久。

山红是从赵老师那里听说这件事的，全校学生只有山红一个人知道。

原老师先是消失了两天，赵老师只是说他进城去了，让山红代替原老师批改一下一年级的作业。接下来的两天，原老师仍没有回来。赵老师声音哆嗦地对山红说：“不好了，乡教委打过电话来了，原老师要住院，这可咋办？山红你说，这可咋办？乡里说一时半会儿派不来老师，让我一个人顶着，我一个人咋能顶起来呢？”

山红怔在那里，她虽然是班长，但她也只是个十二岁的孩子，她不知道该怎么回应赵老师，只是茫然无措地看着赵老师，好一会儿，才小心翼翼地问："原老师啥时候能回来？"

赵老师一脸焦虑地说："我咋知道呢，短时间内是肯定回不来了，山红，我就告你一个人，你可别对任何一个同学说，原老师，他、他这次病得很重哩。"

山红脱口问道："啥病？"

"啥病？乡教委的人没说，反正是不好的病，你知道就行了。原老师也不想给人说。"

山红的腿不由自主地抖了两下，几乎要站不住。太突然了，太意外了，就在几天前，原老师还精神抖擞地给他们上课，怎么一下子就得了"不好的病"，当然，原老师老咳嗽，有时咳起来地动山摇，但他从未因此而少上一节课，少批一本作业。他到底怎么了？自打有记忆以来，这可是她最揪心的事了。原老师很关心她，不仅把他的藏书都借给她看，还在回家探亲时给她买过好多次书。原老师对她寄予厚望，希望她将来能成为国家的栋梁。可以说，陪她最多的，教导她最多的，关心她最多的，不是远在煤矿的父亲，而是这个时而慈祥时而严厉的原老师。一想到这儿，山红的心就苦苦的，鼻腔就酸了，有泪要流出来。

赵老师犹豫了好久，这才说出她喊山红来办公室的缘由。在原老师住院之后，乡教委派来顶替教师之前，赵老师想让山红来做一、二年级的教学工作。她自己重点做好三、四、五年级的教学工作。

山红丝毫没有犹豫，马上就答应下来。她觉得，她这是在替原老师工作，是在报答原老师的教诲之恩。

倒是赵老师有些歉意，她拍拍山红的肩膀，苦笑着说：“这可能会影响你的学习，实在没办法，从昨天开始，我着急得嗓子都哑了。”

是的，赵老师嘴唇上都起了泡，不停地干咳，山红早看出她的焦急和忧虑了。

山红不发愁一、二年级的课，这两年，她不仅辅导过虎虎，而且在赵老师孩子生病期间，代她上过几节课，原老师听过之后也很满意。她现在只需重新温习，备一下课就可以了。她现在最大的焦虑，还是原老师的病。

同学们已在悄悄猜测和议论原老师的去向，瑞霞和翠翠还私下找山红打听，山红尽管心里十分纠结，还是没敢对她们说出实情。可是，她后来还是憋不住，伤心地把这件事告诉了爷爷。

久经沧桑的爷爷仅仅愣了一刹那，就像早有预料似的摇了摇头，长叹了一声，说：“你们原老师呀，太不顾惜自己的身体了，这么多年，他一个人，热一顿，冷一顿，饥一顿，饱一顿，就是铁打的，也经不住这么熬呀。”

“爷爷，像原老师这样的人，算不算伟大的人？”

爷爷当即道："怎么不算，他就是个大写的人！"

山红笑了，转眼脸上就又挂上了霜，吞吞吐吐地说："爷爷，我、我想问您要点钱，行吗？"

爷爷一怔，问："你要钱干什么？"

"我想给原老师捎点钱，听赵老师说，原老师家里经济也不好。"

"哦，你想要多少？"

山红犹犹豫豫地说："三四十块钱。"

爷爷顿时大笑起来，笑得都咳嗽了，山红一下羞红了脸，马上说："爷爷，您要是嫌多，就给我一二十也行。"

"山红呀，爷爷不是嫌多，是嫌少呢。"爷爷严肃起来，认真地看着她，"三四十怎么行呢，原老师这次住院，肯定要花不少的钱。村里人为啥病了不敢去住院，是因为住不起啊。"说着，爷爷站起来去窑后大木柜里翻腾起来，不一会儿便拿着一沓钱对山红说："这是你爸半年多来寄给咱们的钱，咱们留下一百花销，剩下的，你都给原老师捎去吧。"

山红惊讶地瞪圆了眼，哆哆嗦嗦把钱接到手里，对她来说，这真是一笔巨款呢，她还是第一次见到这么多钱，一时，她真为爷爷的慷慨大方所感动，不由得说道："爷爷，太谢谢您了，这钱，就算我借您的，长大了，我挣下钱一定还您！"

爷爷愣了一愣，装着很生气的样子，横了她一眼：“山红，你咋和爷爷说这话哩。你不是把爷爷当外人了嘛。”

山红马上赔出一副笑脸，双手推了一把爷爷，撒娇地说：“我没把您当外人，爷爷。我是说，我长大了一定好好孝敬您，让您过上幸福的日子。”

爷爷这次满意地笑了，伸过手来捋了她的头发一把，“那爷爷就争取多活几年，过几天轻松幸福的生活。”但他马上又担忧起原老师，“哎，也不知道你们原老师得的到底是啥病，真要是大病，花钱那可是多了去了。当年，你奶奶得了癌症，咱花了好几万呢，直到去年才把饥荒还完。对了，咱家还有几十颗鸡蛋，你打听着，赵老师要是去，就让她一起捎去。我是去不了，还得给你和虎虎做饭，还有鸡羊猪要喂。”

听爷爷这么一说，山红的心就又痛了一下。

可是，就在全校其他学生都在猜原老师已经调走，不会再回来的时候，一天下午，原老师突然又出现在了教室。山红也惊得目瞪口呆了好半天。

过去，作为学生的她们，除了观察老师的喜怒，是不太注意老师身体状况的。今天，在很久不见原老师之后，大家这才发现原老师瘦了，憔悴了，过去挺立的背，弯了许多，过去神采奕奕的脸，蜡黄了许多，过去犀利的目光，忧虑了许多。

同学们都看得出来，原老师在极力掩饰着他的病态，尽量装出一副很正常的神色，但他的话语中，还是透露出他无穷的伤感：“我再给大家上一节课……”也许埋头写作业的一、二、三年级的学生，听不出什么，但四、五年级的学生，却听出了原老师的无奈和痛苦，听出了原老师的悲怆和凄凉，山红不敢再看原老师的眼睛，把脸伏在桌上哭了。

原老师这最后一节课，究竟讲了一些什么，山红真没听进去，她只想让原老师早一点下课，好回去休息。原老师已站立不稳，身子摇摇晃晃，嗓子也已沙哑，每说出一个字都很虚弱。

终于，在沉闷的气氛中，这节课讲完了。突然，原老师的声音又响亮了起来，他告诉四、五年级学生一个消息，县教育局和县文联要在全县中小学举办“我爱我美丽的家乡”征文大赛。原老师眼睛又像过去那么闪亮起来，他动情地对大家说：“同学们，也许你们已习以为常，看不到自己的家乡有多么美丽，但我想告诉你们的是，苍源真是一个风景秀丽的地方，不仅有苍茫的原始森林，还有一个隐匿着秘密的大溶洞，而且，我们苍源村的历史，也很古老，有距今二十万年前古人类生存的遗迹。同学们，你们应该为此感到骄傲啊！四、五年级的同学都要写。三年级的同学想写，也非常欢迎。大

作文
我爱我美丽的家乡
语文

家都争取能得奖，这也是咱苍源小学的光荣。好，孩子们，下课吧。”

虽然原老师说了“下课”，但同学们都没有像过去那样，如同在笼子里关久了的麻雀终于得到自由，蜂拥着叫吼着向教室外面扑去，而是静静地坐在座位上一动不动，眼睛一眨不眨地盯着原老师看。难道大家都意识到了这是原老师的最后一节课吗？

山红也被原老师的那最后一句话深深地打动了。原老师没有说“同学们”，而是第一次用“孩子们”来称呼他们，像父母在家里语重心长的唠叨时说的那样，证明他是一直把他们当作自己的孩子，他是真割舍不掉对他们的挂念呢。

原老师整理好教科书，这次抬起的眼睛就充满了疑惑：“下课了，孩子们。”然后他似乎明白了什么，眼眶顿时湿润了，面向大家挥挥手，然后步履艰难地走下了讲台。

直到原老师驼着背，蹒跚地走出教室，教室里才有了些微的响动，然后又是一片寂然。山红扭头看了一圈，大家似乎都在埋头写作业，都在刻意不发出一点声响，好像任何一点声响都是对原老师的不尊重。

山红也不想打破这种忧伤的沉闷，便悄悄起身离开了教室。她一直揣着从爷爷那里要来的钱，她要当面给原老师。她蹑手蹑脚来到原老师的办公室兼卧室，正要喊“报告”，突然从里面传出一个陌生女人的声音。陌生女人的声音很高，也很激动，充满了抱怨：“不让你回来，你非要回来，你忘了医生咋说的嘛，马上住院，看你，一节课就喘成这样，还非要回来。”

山红这时就听见原老师那熟悉的气喘声、咳嗽声，“哎，这节课，我早就备好了，总得讲了不是，再说，教育局安排的这次中小学征文大赛，也是个大事，我总得回来布置一下哩。”

陌生女人仍悻悻地说：“我不是说了，打电话告赵老师一下，不就行了嘛。”

原老师气喘着解释说：“四、五年级的语文，一直由我教，我不回来讲讲，不放心哩。”

陌生女人仍用鼻子重重地哼着：“我的话，你总不听，现在连医生的话，你也不听！”

山红不敢听下去了，也不敢再进原老师的办公室了，当她正想退回教室等一会儿再来时，同学们已陆陆续续背着书包出来了，他们或许也想到办公室再见见原老师，看到班长在那里，便低下头悄无声息地走出学校。山红刚要抬脚走，猛听到原老师在屋里说：“快，你扶我起来，我得和应山红说句话去。”

山红立刻回过身去，向办公室喊了一声“报告”，听到应声便走了进去。原老师已经被陌生女人扶着坐了起来，但仍气喘吁吁。山红看了一下陌生女人，她认出来了，是原老师的妻子，曾来过苍源一次。山红就喊了一声："阿姨好！"

原老师的妻子对着她苦笑了一下，然后就一脸愁苦地坐在原老师身边，为丈夫轻轻捶背。原老师看了一眼山红，点点头，说："山红啊，这次征文大赛，你可要带头写好哩，组织好大家，我可把获奖的希望都寄托在你身上啦。"

山红看着自己的脚尖，说："原老师，我怕自己写不好。"

原老师就责备似的说："山红，你要有信心。别怕城里的孩子。他们是爹妈养的，咱山里的孩子同样是爹妈养的嘛。你就大胆地写吧。"

山红抬起头看看原老师，就"嗯"地应了一声。

原老师缓了口气，这才又说道："山红，我要请假休息一段时间。你要好好配合赵老师，把班里的学习纪律搞好。你听见了吧？"

山红的鼻子又开始发酸，说："听见了，原老师，您还有什么事要嘱咐？"

原老师咳嗽一声，冲她摆摆手："你赶紧回家吧，没有了。"

山红这时就把一直装着的钱拿出来，说："原老师，我爷爷听说您病了，让我把这钱给您用。"

原老师大惊，立刻站了起来，着急地把山红的手一把推开："谁说我病了，我只是想休息几天。走，走，你赶快回家去吧，你一个小孩家家的，快回快回！"

山红几乎要被推倒，她想对原老师说句什么，却不知该讲什么，就把钱往原老师桌上一掷，撒腿就跑。怕原老师追出来，她连教室也没回，直接爬坡往家里跑了。

然而，当她回到家刚吃了饭，原老师在妻子的搀扶下，敲开大门进来了。山红惊得气都喘不上来。只见原老师脸色灰暗，从进门起便连连咳嗽着，他硬是要把钱还给山红的爷爷。

山红的爷爷也顿时慌了，两个人便一直推来推去，最后，还是原老师把钱塞还给了山红的爷爷。原老师气喘着说."你们的心意我领了，我是公职人员，看病住院国家都给报销呢。"

山红的爷爷无奈地摇摇头，说："哎，你住院要花很多钱哩，这真是山红的一点心意。这娃这么多年，全靠你培养哩。你还是拿着，要不，我爷孙俩心不安呢。"

原老师还是坚决不收，对爷爷说："老哥呀，山红是个好孩子哩，你们一定要让她把学读下去，如果你们经济上困难，负担不起，就告诉我，我资助她。"

爷爷顿时感动得热泪盈眶，紧握住原老师的手：“原老师，我替山红感谢你。全村的人都念叨你的好，你一定要保重身体呀。”

此时，原老师的妻子已在催他回去，爷爷就急忙提了一小筐鸡蛋，让他们拿着。原老师夫妇仍坚决不收，推搡了半天，原老师只从筐里抓起一颗鸡蛋，说：“好，我拿一颗，今晚吃。谢谢你们了。”

临出大门，原老师像又想起什么，回头说：“山红呀，我走这段时间，你可要把各班管理好。还有，征文，你一定要好好写。”

山红几乎快要哭了，她连连点头，说：“原老师，您放心吧。”

看着原老师夫妇的身影渐渐消失在苍茫的夜色中，爷爷无限感慨地对山红说：“你们原老师，真是个好老师呀，山红，做人就要做原老师这样的好人呢，你听见了吗？”

“听见了，爷爷。”山红抹了一把眼泪，竭力在暗夜中寻找原老师的影子，可是，已经看不到了。

四十六个名字

第二天，山红一大早就赶到学校，原老师已经不见了踪影。赵老师说，天不亮，原老师就去乡里赶汽车走了。山红顿时怅然若失，心里非常沉重。几天之后，她还是压抑得十分难受，便在放学以后，躲在教室里给原老师写了一封长长的信，翠翠看到了，也要写。别的同学听说了，也想写。全校四十六名学生都给原老师写了信，一年级学生都用拼音给原老师写了几句话。山红收了一大包，央求爷爷请人捎到乡里，邮寄到城里医院。

原老师很快就回信了。山红在班务会上，朗读了原老师的信，可是，她刚读了一半，自己便先哭了，接着，全班的同学都哭了。正在批改作业的赵老师听到哭声，吓了一跳，到教室一看，也忍不住掉下了眼泪。

这封信很短，字写得也不像原老师平日的板书那样刚劲有力，也没有他在同学们作业本上批示得那样工整潇洒，像是在手指颤抖抓不稳笔时写下的，字距很大，笔画疏离，但是，原老师却无一遗漏地写下了全校每一个学生的名字。原老师说，他很想念同学们，希望大家勤奋努力，学有所成。唯一让大家遗憾和揪心的是，原老师在信里一句也没提自己的病情。可这正是山红和同学们最牵挂的事情。

信后边还附了一句，还不是他的病情，而是询问大家的征文写好了吗，要记得按时寄到县教育局。

山红很快又回复了原老师，告诉原老师，全校有二十五名同学写了征文，大家写得都很好，赵老师审阅后也很满意。

但是，让山红失望的是，原老师这次没有再回信。山红找赵老师询问，赵老师一脸的忧伤，说她也没有原老师的消息。赵老师还告诉山红，就在今天早上，县教育局打过来电话，询问应山红的征文，是否真是这位学生自己写的。

山红一下怔在那里，委屈地说："是我自己写的呀。"

赵老师拍拍山红的肩膀说："是呀，我当时就告诉他们了。山红，他们说你的征文写得很好，不相信是出自一个五年级的学生之手。”

山红这才放下心来。被人夸奖，本来是一件好事，但她还是没能高兴起来，她仍牵挂着原老师的病情，不知为什么，她心里一直为原老师的身体而感到不安。

一个月之后的一天，赵老师突然叫山红到她的办公室，山红以为有了原老师的消息，出乎意料的是，赵老师却是为通知她去县里开颁奖会。赵老师喜形于色，高兴得几乎合不拢嘴，连连夸奖她为学校争了光。也是，苍源小学是全县学生最少、规模最小的复式小学，能有三人同时入选，实在是出乎她的预料，要知道全乡的十一所复式制小学，也只有苍源村一个学校的学生获了奖。难怪赵老师笑得眼睛也眯成一道缝了。

“翠翠和留蛋也一块儿去吗？”山红也很激动，能去县城开会，是她做梦都没想到的。她长到十二岁，也仅仅随爷爷去过一回乡里，遥远的县城在她的印象中，几乎和北京一样遥不可及。全校学生大概只有一两个人去过繁华的县城，连翠翠和留蛋也没去过。

赵老师遗憾地告诉山红，县教育局只通知了她一个学生去领奖，赵老师是陪同老师。

听到同时获奖的翠翠和留蛋不能同去，山红感到有些怅然若失。

第二天清早，从乡里搭公交车去县城的路上，赵老师仍显得很兴奋。赵老师说，她一年也就有一两次机会去百里以外的县城。她要借机会，给孩子和自己买点衣服，给家中的老人买几种乡里没有的药品。如果时间来得及，她还想带山红看一看城边新修的铁路，去一趟县里的书店，给同学们买几本课外读物。赵老师说这些话的样子，就像山红的大姐姐，让山红感到很亲切。她不禁依偎在赵老师的身旁。她发现赵老师一下子年轻了许多，虽然赵老师还不到四十岁，但平时看上去像五十多岁。而此刻，这位山村女教师，突然像焕发了青春。

山红心里自然更兴奋，她是第一次走进城市。过去，她只在瑞霞家的电视里，看到过林立的高楼，喧嚣的街道，熙攘的人流，这些像《西游记》一样，让她觉得不可思议。记得五六岁的时候，她也曾缠着偶尔回乡探亲的父亲，要去坐汽车，坐火车，到城里去玩。可是在遭到父亲各种理由的拒绝之后，她几乎泯灭了这个希望。就连这种外壳破旧，座椅摇晃的乡镇公交车，她也是第一次坐。虽然别的乘客不断抱怨山路崎岖，坡道颠簸，山红却感到有一种在荡秋千的快乐，她心里非常兴奋。山外边的世界真是太大太大了。她过去总觉得天比苍源村大不了多少，地也比苍源宽阔不了多少。现在看来，真是辽阔啊。层层叠叠的山峦，远望就像大海的波涛一样。山红几乎陶醉了。她很想问一下身边的赵老师，难道前行的路途都这么美丽吗，可是，赵老师显然有点晕车，表情有些紧张地闭着眼睛，忍受着颠簸的痛苦。

车上的乘客不少，操着的口音都类似苍源一带的方言，他们有去县城购物的，有去县城换车到外地的，他们也都很兴奋，不停地感叹着山道的颠簸，感慨着生活的艰辛，还有对即将到达的县城的向往。

山红看着这些和爷爷一样纯朴的村民，和父亲一样在外边打工的叔叔阿姨，心里不由得想起她的爷爷和父亲。可以说，这是她第一次走出家门，走出苍源，一个人走向一个陌生的世界，去见一群陌生的人，她也有了一种陌生而新异的恐惧，身子也不由得紧靠在赵老师软绵绵的身上。赵老师似乎也感觉到了她的紧张，张开左臂，将她紧紧搂在怀里。山红不禁激动起来，赵老师的怀抱很温暖，让她想起了早已淡忘的母亲的慈爱。要是妈妈还活着那该多好,妈妈一定会比赵老师更为她高兴，更为她骄傲，一定会像电视中那些母亲亲吻自己的孩子一样，给她一个甜蜜的吻。这时，她感觉有冰凉的东西滴在自己的手上，才发现自己流泪了。

她静静地望着窗外的世界，努力让自己忘记那些深埋在心底的忧郁和不快，她认为自己还是幸运的，家里有慈爱的爷爷，学校有如父亲一样既慈祥又严厉的原老师，还有如同母亲一样爱唠叨的赵老师，她的成长还是快乐的。想到这里，她忍不住弯下腰，低着头，在赵老师的手背上亲了一口。赵老师可能正在做一个美梦，苍白的脸上出现了一丝笑意。

公交车终于开出了山谷，展现在山红面前的，已是一望无际的平原。啊，山红还是第一次看见平川，在她的意识里，世界应该是放大了的苍源，是地无三尺平，出门便爬坡的山的世界，而此刻，天地像被无限放大了，尽管她把脸贴在那布满风尘的车窗玻璃上极力张望，也看不到大地的边际，辽远，苍茫，壮阔，尽管她绞尽脑汁，也再想不出描绘它的词语了。

这也许就是世界，这也许就是宽广的人间，一直生活在太行山深处的山红，再一次被震撼了。这时，她又一次深深地感到，自己只有更加努力学习，才能对得起这么辽阔的世界，对得起生她养她的那既偏远又美丽的苍源村。

公交车开始像撒欢儿的小马驹一般，畅快淋漓地奔跑起来，就像山红心里的那只看到新天地的小鹿，欢天喜地地跳跃着向前方冲去。秋天的平原，一派丰收的景象，翠绿的田野，成片的果林，几乎铺天盖地一般，将满世界都染成了葱郁金黄的水彩画。

赵老师醒了，她揉了揉眼睛，脸色有了一些红晕。“看

欢迎乘坐

什么呢，山红？”

山红兴奋地用手指指窗外：“赵老师，您看，这一片玉茭地有多大呀。”

赵老师向外扫了一眼，笑了笑：“山红，这才多大，比这大的地，多了去了。”但她马上为自己的反应懊悔了，这个从没离开山沟的孩子，哪里见过这些呢，于是，她又探过手去拥了拥山红，“你一定要好好学习呀，等你考上大学，去了外面，就会发现这个世界非常大。”

山红扭过头来认真地看看赵老师，很深沉地说：“赵老师，我会好好学习的。我很想看看外面的世界。”

赵老师亲昵地在她手背上拍拍，说：“好，到时候，你也带我去看看外边的风景，山红，你不知道，老师也从没有走出过咱们这个小县城哩。”

山红突然想起了什么，睁大眼睛看着老师，问：“赵老师，您不是说过，原老师他家就在县城吗，那，我们开完会，能不能去一趟原老师家，他知道我的征文获了奖，一定会很高兴的。”

赵老师的脸色顿时一片灰暗，眼睛也在躲避着山红渴望的目光，低声说：“我、我们就不去了吧。”

“为什么，赵老师，为什么，不是很近了吗？”

赵老师长长叹了一声，仍躲避着山红的眼睛，说：“我一直不想告诉你们，原老师，他、他已经去世了。”

山红像突然被雷电击中，傻傻的，僵硬的，像死过去了。好久，她才醒过来，两手用力地推搡着赵老师："您哄我，赵老师，这不可能，临走的时候，原老师还说他会回来教我们的，您骗我，赵老师！"

赵老师任凭她的小拳头在她的肩部击打着，好一会儿才沉痛地说："山红呀，老师没骗你，原老师他、他真的不在了。"

山红惊恐地看着她，说："那，那您为什么不告诉我们呢，我爷爷也一直打听原老师的病情呢，他还想带着我进城看看原老师。"

眼睛也湿润了的赵老师又闷闷地叹了口气，说："我也是几天前才知道这个消息的。乡教委的人说，原老师去世前说过，不发讣告，不开告别会，也不让通知咱苍源村小学，他说，孩子们都小，他不想影响你们学习，给你们幼小的心灵留下阴影。"

山红像终于通了七窍，恢复了知觉，"哇"的一声大哭起来。她虽然被赵老师紧紧抱着，却仍像发疟疾似的，浑身颤抖不止。

全车的人都被山红的哭声吓住了，随后都拥了过来，询问声此起彼伏："这孩子怎么了？是不是生病了？"

司机也惊到了，马上将车刹住，急慌慌地从驾驶室跑了过来，问："这娃是急病吧？用不用把车直接开到医院？"

我的理想是当一名乡村医生

“我爱我美丽的家乡”征文大赛颁奖会场，就设在县教育局的礼堂。山红和赵老师赶到的时候，礼堂已坐满了人。山红一进礼堂，就被里面庄严肃穆的气氛惊住了，她不由得伸过手来，紧紧牵住赵老师的衣角，连头也不敢抬。赵老师要带她向会场后面走，工作人员拦住了她们，问她们的姓名，赵老师报了自己的，工作人员连连摇头，赵老师就指指山红，报出“应山红”。工作人员这才笑着指指：“你俩坐第一排。”

赵老师赶忙说：“不，不，我俩坐后面就行。”

工作人员一脸严肃地说：“不行，必须坐第一排，这是大会安排的。”

赵老师就对山红说：“那咱就坐第一排。”赵老师也没在教育局的礼堂开过会，她也有几分紧张，坐在指定位置之后，这才发现，她的学生更紧张，牵着她的手竟然一直在抖。赵老师连忙捋了捋山红的头发，安慰道：“别紧张，别害怕，没人认识咱俩。”

山红只抬头向主席台望了一眼，又害怕地低下了头。身后有嘈杂的低语声，也是来开会的各学校的学生，他们悄声地议论着，有的还嘻嘻笑出声来。但山红完全不敢向后看，也不敢松开赵老师的手。她很紧张，也很激动，除了第一次进城看到那么宽阔的马路，看到各式各样的车辆，还有第一次见到这么多人，别说县城街道上那滚滚人流，就是今天这礼堂里的人，也比她们苍源村的人多好多。她们村现在大部分是老人了，除了放学以后奔跑的孩子，村庄太安静了。而这里，仅仅只是开会，就有这么多人，这一切都让她感到稀奇，感到无比震惊。啊，原来自己真是生活在深山老林里。面对这繁华的世界，面对这么多突然冒出来的人，十二岁的她，能不茫然，能不困惑，能不紧张吗？

还是赵老师了解她的窘境和尴尬，不停地抚摸她抖动的手背，趴在她耳边悄声地安抚她，鼓励她：“哎，山红，要是原老师今天能来开会，他该多高兴呀。”

突然像电着了似的，山红猛地从赵老师怀里抽回了手，她仰起了头，静静地看了赵老师一眼，一直狂跳的心平静了，发抖的腿脚也停止了颤抖。她真正地冷静了下来。原老师的音容笑貌，再一次清晰地浮现在她的眼前，他那双刚毅的眼睛在看着自己，她不由得从心底长长叹了一口气。是啊，要是原老师还活着，他一定会很高兴的，为她和翠翠、留蛋高兴，为苍源村小学高兴。她的眼睛再一次湿润了，也由此不再为陌生和自卑而恐惧了。她终于直起了腰，沉着镇定地目视着偌大的会场，充满自信地开始仰望着主席台上那鲜艳的会标。

要开会了，会场响起欢快激昂的音乐声，一些气宇轩昂的人陆续登上主席台。山红平静地看着那些人在主席台上依次就座。这些人当然很陌生，但山红不再畏惧，而是感到一种亲切。

这样的会议，是她十二年的生命中未曾有过的，因此，她对主持人所讲的不无刻板的套话，都感到新鲜和好奇，她也随着与会者拍手鼓掌，并悄悄地观察着左右两边的动静。

开始颁奖了，会议主持人最先宣布的是获得征文比赛优秀奖的名单，名单里有翠翠，还有留蛋。山红竖起耳朵，想听到自己的名字，可是，在长长的名单中，始终没有她的。她的心不禁凉了半截，她偷偷地看了看身边的赵老师，发现赵老师也是一脸茫然。

获得优秀奖的学生代表，从后面奔向主席台，这些大大小小的学生显然都很激动，哗啦啦挤在主席台上。山红借机对赵老师低声说：“没有我，赵老师，难道我没获奖吗？”

赵老师赶忙拍拍她的肩头，说：“别着急，现在颁奖模式改了，大奖都在后头哩。你可能得的是大奖。”

但山红仍然忐忑不安，她几乎确信自己没获奖，心里有点给原老师、赵老师和爷爷丢了脸的羞愧。她索性低下头去，任凭会场的掌声一遍遍响起。

接下来宣布的是三等奖获得者、二等奖获得者。任凭山红如何像受惊的小兔子，竖起耳朵搜索自己的名字，但还是没有。一股巨大的沮丧使她像浇了一头冰凉的海水，她不由得弯曲身子，缩在椅子上。

主席台上却仍热闹，获奖的学生们兴高采烈，双手举着获奖证书任凭摄影者不停地拍照，他们向台下鞠躬致敬，或行少先队的队礼，一个个充满阳光，充满朝气，充满喜悦。连赵老师都兴奋地一直“啧啧”赞叹着。终于，她像想起什么似的，迷茫地对山红说：“怎么还没你呢，是不是他们漏了你的名字？”

山红发觉自己虚弱得已不能开口回答赵老师的疑问。一向自尊心非常强的她，已不可遏制地进入虚幻杂乱的梦境。

大会主持人的声音,这时突然提高了八度:“接下来,我们宣布获得本次征文比赛一等奖的同学，她就是来自我县最偏僻的苍源小学的五年级学生应山红。”

赵老师发出了一声长喘，猛拍了一下依旧低头缩着的山红：“听见了吗，山红，你是一等奖！”

山红一怔，她刚才不是没有听见主持人的声音，她只是仍沉浸在巨大的沮丧之中，不敢相信这犹如惊雷的宣布。她怎么会获一等奖呢，她只敢悄悄地祝愿自己拿一个优秀奖，以此告慰辛苦哺育自己的爷爷，以及辛勤培养自己的两位老师。

主持人激情洋溢地大声宣布：“下面，请应山红同学上台领奖！”

赵老师急忙推山红:“快,上台去领奖,走左侧台阶。”

山红慌忙起身离座，赵老师紧张地看着她，生怕她惊慌失措，出错丢丑，急得冒出一身汗。但是，她很快发现，山红竟出乎她意料地从容淡定，而且表现得比前面领奖的学生还要沉着冷静。山红不仅得体地向主席台上的领导行了少先队队礼，而且转过身来，向台下的人深深地鞠了一躬，场内随即爆发出一阵热烈的掌声。

为山红颁奖的是参加本次颁奖大会的最高领导，本县分管教育工作的陈副县长。陈副县长在向山红颁发了获奖证书之后，礼节性地伸出手来要握手，这个有点出乎山红的意料，但山红仓促握过手后，随即又张开双臂拥抱住陈副县长。这大概也出乎陈副县长的意料，但她马上兴奋而激动地紧紧抱住了山红。这温情一幕，又一次引发全场暴风雨般的热烈掌声。县电视台的记者赶忙将镜头再一次对准了她俩。

山红回到台下的座位后，又张开双臂将赵老师紧紧地抱了一下，人们再一次报以热烈的掌声。

赵老师既激动又兴奋，压低声音悄悄地对山红说："山红，你的表现太棒了，真的。"

山红浅浅笑了笑，深情地说："因为我心里一直在想着原老师，他如果还活着，一定会让我冷静，再冷静。"

会议还为几个学校颁发了优秀组织奖，其中就有苍源村小学。这也出乎赵老师的意料。赵老师兴奋得脸都红了。

接下来讲话的是县文联主席，他是这次征文大赛的评委会主任。在介绍了全县各学校征文报送情况之后，又对征文质量和问题进行了详细分析。他特别提到了应山红的获奖征文，他说："应山红同学的这篇征文，是全体评委一致认可，并予以高度评价的。开始，我们还不敢相信这是一个五年级的学生写的，还特意打电话给学校，进行了调查。应山红的这篇征文从一个大山里的儿童的独特视角，为我们描绘和展示了一个藏在深山的如同仙境般的村庄，其文语言流畅，文笔纯净，不矫情，不虚饰，是一篇难得的佳作。文联已决定将它刊发在下期的《蓝山文艺》杂志上。”

赵老师闻言情不自禁地又牵起了山红的手。

最后讲话的是陈副县长，她也热情地评价了这次征文活动的重要意义，但她很快话锋一转，情感真挚地说：“今天在这里，我要作一个检讨。”

此话一出，会场顿时一片肃静，连轻微的咳嗽声也没有了，与会人员甚至听不到自己的呼吸声。山红也惊呆了，陈副县长是她有生以来见到的最大的领导，而且刚才和自己拥抱的时候，还和颜悦色，怎么突然面色凝重地要作检讨呢？她也屏住了呼吸，紧张地瞪大了眼睛。

陈副县长停顿了片刻，才语气沉重地说：“我为什么要检讨呢？是因为我刚才看了应山红同学的这篇获奖征文。应山红同学想到的事，我们也想到了，但我们一直没有太大的行动。应山红同学这篇作文的文学水平，刚才文联的同志已给予了很高的评价，在这里，我想着重谈一下这篇征文给我的启示——开发乡村旅游的意义。这个苍源村，我几年前任县委宣传部副部长时就去过，正像应山红同学写的，风景如画，幽静清凉，村后不仅有大片的原始森林，还有深不可测的溶洞，确实是一个夏季避暑的清凉圣地。而且，它历史悠久，很可能是我们人类最早的居住地之一。另外，我刚才从应山红同学作文里得知，应氏先祖是一千多年前的一个大清官。同志们，这是什么？这就是丰富的旅游资源呀。大家都知道，我们县是国家级的贫困县，矿产资源稀缺，农业生产也基本上是靠天吃饭，果木这几年倒是有所发展，但市场占有量又很低。特别是苍源村那一带的人，靠什么脱贫？我们县委县政府，这几年也想了很多办法，但实事求是地说，收效甚微呀。应山红同学今天给我们带来了一个思路，那就是开发乡村旅游，不仅苍源可以开发，蓝山也同样可以，刚才，我粗略地估算了一下，我们县至少六个乡、三十八个村都可以划入旅游开发区，这样，那一带就可能在五年之内脱贫致富。所以，我今天要代表县政府感谢应山红同学。”

顿时，会场内又响起一阵热烈的掌声。坐在山红右侧的县一中校长也笑容可掬地伸过手来，要与山红握手。山红不好意思地红了脸。

颁奖典礼在欢快的音乐声中结束了。山红却像小时候误饮了一口爷爷的老酒一样，头脑昏昏沉沉的。这一切来得太突然了，一切荣耀，一切赞誉，都让她无法承受。她就是一个乡村的孩子，就是一个对世界还茫然无知的女娃，突然就在她的头顶罩上了这让她眩晕的光环，她实实在在被吓到了。她觉得身子都被这汹涌而来的美誉吓得软成了一团。她望着已空空荡荡的主席台，仿佛还处在梦境中一样，脑海里乱作一团，恍然不知所措。直到赵老师轻轻地叫了她一声，她才如梦初醒，一下站立起来。

台下的与会者也在陆续退出会场，有几个男孩子追逐着向外跑去。山红终于清醒过来，难为情地冲赵老师笑了笑。

赵老师拍拍她的肩头，叮嘱她说："山红，领导们都表扬了你，你可不敢骄傲自满，还要好好学习哩。"

山红打了个冷战，这次，她彻底地从虚幻杂乱的梦境中走了出来,她对赵老师点了点头,声音清晰地回答道:"我知道，赵老师。"

她和赵老师是最后走出会场的，她依旧像小孩子似的牵着赵老师的衣角。就在她们走下台阶的时候，一个年轻小伙子追了过来，说："应山红同学，请你等一下，先不要走。"

山红仰起头去看喊她的这个人，她不认识，可以说，除了赵老师，这里全是陌生人。赵老师客气地问："同志，你有事吗？我们还要赶汽车呢，只有一班车哩。"

年轻小伙笑笑，说："我们是县电视台的，想采访一下应山红同学。"

“采访？”赵老师高兴了，“好啊，好啊，不过要快点儿。”

山红这时却摇了摇头，说：“赵老师，别采访了，误了车就回不去了。”

赵老师毅然说道：“回不去就再住一天，采访你也是咱苍源村的光荣哩。”

山红恐慌地直摆手：“叔叔，我不想说，我不会说，我说不了！”

年轻小伙赶忙安慰她，说：“别怕别怕，我们问你什么，你就说什么。”

赵老师也半拥着她，安抚地说：“没事的，你就照叔叔说的做就行。”

山红只得苦着脸，跟着年轻小伙回到会场。摄像机已架好，女记者正拿着话筒等待着。山红又要往后退，赵老师拉住了她，轻声说：“山红，关键时候，你可别掉链子，想想原老师，他培养你容易吗？”

一说到原老师，山红的腿便不抖了，心跳也顿时平缓下来，她面对着漂亮的女记者，长吁了口气，朗声说道：“阿姨，您采访吧。”

女记者并没有急着采访，而是走到她身边，轻轻地拥抱了她一下：“哎呀，你不是才十二岁嘛，咋长这么高呢？”

山红乐了，说：“我爷爷、我爸个子都高，我听说，我妈的个子也很高，这可能是遗传吧。”

“你妈妈一定也很漂亮吧？”

山红顿时神色黯然：“我没有印象，看照片，是很漂亮。”

女记者就笑道：“看你的样子，就知道你妈妈也很漂亮。”

山红又笑了。

女记者这时说道：“小朋友，还紧张吗？”

山红摇摇头，说：“不紧张了。”

“那好，我们开始采访。”女记者便把话筒对准了山红，开始问道：“应山红同学，你是怎么想到在苍源村开发乡村旅游的？”

山红对准镜头，稍稍犹豫了一下，便口齿清楚地回答道：“因为我们那里风景优美呀。电视里播过许多风景优美的地方，后来都成了旅游景点，我觉得我们村的景色比电视里的还美，可以建成风景区，让人们来我们村消夏休闲。我们村，夏天一点儿都不热，晚上睡觉还得盖被子呢。”

女记者对她的回答很满意，和摄像的年轻小伙点了点头，接着问：“还有吗？”

“还有？”山红露出虎牙笑了笑，“还有，就是我

我爱我美丽的家乡
县教育局
县电视台

们好多同学的爸爸妈妈，都出去打工了，我们一年也见不了爸爸妈妈几面，如果村里开发旅游，爸爸妈妈就不用出去打工了，就可以像电视里一样，在村里开饭店，开旅店，那样我们就天天可以和爸爸妈妈在一起了。”

“应山红同学，你在征文中写了你们村有许多可开发的旅游资源，你是怎么了解到这些的？”

“我的爷爷，还有原老师告诉我的。爷爷从小给我讲我们苍源的历史，原老师空闲时走遍了苍源和周边，他们让我知道了苍源的悠久历史和美丽风光。”

女记者高兴地夸奖道：“应山红同学，你真是个有心的孩子。”

山红羞涩地一笑，说：“同学们常说我是女汉子。”

三个记者都不禁开怀大笑，女记者笑得几乎拿不稳话筒。

山红被他们笑得不好意思，忙说：“阿姨，这段能不能别播？”

女记者忙收住了笑，说：“好，这句不播。”接着又把话筒对准她问道：“应山红同学，你的作文写得这么好，未来的梦想是当一名作家吗？”

山红不假思索，当即断然回答：“不是，我的理想是当一名乡村医生。”

女记者惊诧得柳叶眉都竖了起来，问：“为什么？”

山红立刻神色凝重地回答道：“我们的原老师刚刚病逝，他才五十一岁，为了我们，原老师费尽了心血，难受也没有时间去城里看病，我如果是医生，就可以早一点给他看病，他就不会去世。还有，我爷爷说他自己除了脚不痛，浑身都痛，可他也从来不去看病，他说，一是看病太费钱，看不起，二是路程远，去城里太不方便。我们村像我爷爷这样的有很多，他们为了家里少花钱，都硬撑着。所以，长大了，我想当一名乡村医生。”

女记者听得连连点头，眼角都湿润了，说：“好，好，你的理想很好。你是个好孩子。应山红同学，我们祝你梦想成真！”

山红对着摄像机镜头，开心地笑了，笑得那么真诚，那么甜美。